地球星人

村田沙耶香

新潮社

地球星人

装画　岡村優太
装幀　新潮社装幀室

1

おじいちゃんとおばあちゃんが住む、秋級《あきしな》の大きな山の中では、真昼でも夜の欠片が消えない。坂道を急カーブしながら、私は窓の向こうで揺れている木々の、枝の先まで破裂しそうに膨らんだ葉っぱの内側を見つめていた。そこには真っ黒な闇が佇んでいる。宇宙と同じ色をしたその黒色に、私はいつも手を伸ばしたくなる。

隣では、母が姉の背中を摩《さす》っている。

「大丈夫、貴世《きせ》？　お姉ちゃんは山道に弱いからねえ。長野の山道は、特に険しいから」

父は無言でハンドルを握っている。なるべく揺れないようにゆっくりとカーブしながら、バックミラー越しに姉の様子をうかがっているみたいだ。

私は小学校五年生になったから、自分の世話は自分でできる。車に酔わないようにするには、窓の外にある宇宙の欠片を見つめるのがいちばんいい。二年生のころにそれに気が付いてからは、この長野の険しい山道で車に酔うことはなくなった。二つ年上の姉は、私と違ってまだまだ子供で、母の摩ってくれる手がないとこの山道を乗り越えることができない。

急カーブを繰り返しながら坂道をあがり、耳がきんとして、自分がどんどん空に近付いているのを感じる。おばあちゃんの家は、宇宙に近い。

胸に抱きしめたリュックの中には、折り紙で作った魔法のステッキと変身コンパクトが入っている。一番上には、私にこれらの魔法道具を与えてくれた相棒のピュートが座っている。ピュートは悪の組織の魔法にかかって人間の言葉を喋ることができないけれど、私が車酔いをしないように、そっと見守ってくれている。

家族には話していないが、私は魔法少女だ。小学校に入った年に駅前のスーパーでピュートと出会った。ピュートがぬいぐるみ売り場の端っこで捨てられそうになっていたのを、私がお年玉で買ってあげた。家に連れて帰ると、ピュートは私に魔法少女になってほしいと告げ、変身道具を渡してくれた。ポハピピンポボピア星からやってきたピュートは、地球に危機が訪れていることを察知し、その星の魔法警察の任務をうけて地球にやってきたのだ。それ以来、私は魔法少女として地球を守っている。

この秘密を唯一知っているのは、いとこの由宇《ゆう》だ。早く由宇に会いたい。去年のお盆以来、私は由宇の声を聞いていない。私たちは毎年お盆にしか会うことができない。

私は一番お気に入りの、星の柄がついた藍色のTシャツを着ていた。今日のために、お年玉で買ったとっておきだ。値札をつけたまま大切にクローゼットに入れていたTシャツを、今日のためにおろしたのだ。

「揺れるぞ」

父が小さな声で言った。この先は一番大きいカーブだ。車が急カーブした衝撃が車内に伝わってくる。

「うっ」

姉が口を抑えて顔を伏せる。

「窓を開けて風を通しましょう」

母の言葉に父が瞬時に反応し、目の前の窓が開いた。生ぬるい風がとろりと頬を撫で、葉っぱの匂いが車の中に流れ込んでくる。

「大丈夫？　大丈夫？」

母の泣きそうな声が車内に響いている。父は無言でクーラーの電源を切った。

「次のカーブで最後だ」

父の言葉に、私は、思わずTシャツの胸元を摑んだ。去年にはなかった膨らみが、ブラジャー越しに微かに感じられる。

四年生の時と私は違っているだろうか。同い年の由宇は私を見てどう思うだろうか。

もうすぐ、おばあちゃんの家に着く。そこには、私の恋人が待っている。私は自分の皮膚がじりじりと熱くなるのを感じながら、風へ向かって身を乗り出した。


いとこの由宇は私の恋人だ。

いつから私の中にその気持ちが発生していたのかはわからない。恋人になる前から、私はずっと由宇が恋しかった。私たちは夏が来るたびに仲良く寄り添ってお盆を過ごしたし、お盆が終わって由宇が山形、私が千葉に帰っても、由宇の存在が私の中で薄れることはなかった。その影が記憶の中で濃くなって濃くなって、焦がれるようになってからまた夏を迎える。

私たちが正式に恋人になったのは、小学校三年生のときだった。田んぼの前に流れる小さな川を、おじさんたちが石でせき止めて膝までの深さにして、皆で水着になって遊んだのだ。

「わっ」

私は川の流れに足をとられ、水の中で尻餅をついた。

「危ないよ、奈月《なつき》ちゃん。川は真ん中が流れが速いんだよ」

私に手を貸してくれた由宇が真剣な顔で言った。それは私も学校で習ったけれど、こんな小さな川でもそうだなんて知らなかった。

「もう、水はやだ。あっちで遊ぶ」

私は階段を上って川を出て、川岸の石の上に大切に置いていたポシェットを手に取り、ビーチサンダルを履いた。私はそのまま川の横の階段を上がり、水着のまま家のほうへと向かった。ポシェットは太陽の光で生きているように熱くなっていた。田んぼの横をビーチサンダルで歩く私を、由宇が追いかけてくるのが足音でわかった。

「奈月ちゃん、待って」

「うるさい」

私はそのときなんだか妙にいらいらしていて、由宇にあたってしまった。私に向かって走っていた由宇が、不意に草むらに手を伸ばし、何か小さな草を千切った。ぱくりとそれを口にしたので、私は仰天した。

「由宇、そんなの食べちゃだめだよ！　お腹壊しちゃうよ！」

「大丈夫だよ。これ、すいこっていって、食べられる草なんだって。てるよしおじさんが言ってた」

由宇に差し出され、私はおそるおそるそれを口にした。

「わ、すっぱい！」

「すっぱいけどおいしいよ」

「どこにあったの？」

「ここにいっぱい生えてる」

私たちは家の裏にある斜面を歩き回ってすいこを集め、並んで座って食べた。水着が濡れていて気持ち悪かったが、すいこは美味しかった。機嫌がよくなった私は、

「由宇にしてはいいことを教えてくれたから、お礼に私も秘密を教えてあげる」

と言った。

「秘密ってなに？」

「あのね、私は本当は魔法少女なの。コンパクトで変身して、ステッキで魔法が使えるの」

「どんな魔法？」

「いろいろ！　一番かっこいいのは、敵を倒す魔法」

「敵って？」

「あのね、普通の人には見えないかもしれないけど、この世界にはたくさんの敵がいるの。悪い魔女とか、バケモノとか。私はいつもそれをやっつけて、地球を守ってるの」

私は水着の上にぶら下げた小さなポシェットから、ピュートを出してみせた。ピュートは見た目は真っ白なハリネズミのぬいぐるみだけれど、本当はポハピピンポボピア星の魔法警察からやってきた使者だ。私はピュートからステッキとコンパクトをもらって魔法使いになった。そう説

明すると、由宇は真剣な表情で、

「奈月ちゃん、すごいね……！　奈月ちゃんが地球を守ってくれているおかげで、僕たちは平和に暮らせてるんだね」

と言ってくれた。

「そうだよ」

「……ねえ、その、ポハピピン……なんとか星ってどんなところ？」

「それはよくわからない。しゅひぎむ、があるってピュートが言ってたから」

「そうなんだ……」

魔法より異星に興味を示した由宇が不思議で、私は顔をのぞきこんだ。

「どうしたの？」

「ううん。……僕も奈月ちゃんだけに言うね。僕、もしかしたら宇宙人かもしれないんだ」

「えっ!?」

私は仰天したが、由宇は真剣な表情で続けた。

「美津子さんがよく言うんだ。あんたは宇宙人だって。秋級の山で、宇宙船から捨てられてたのを拾ってきたって」

「そうなんだ……」

美津子さんというのは、由宇のお母さんだ。私は父の妹であり私のおばさんであるきれいな人を思い浮かべた。由宇に似て内気で大人しいおばさんが、嘘や冗談を言うようには思えない。

「それにね、引き出しの中に、拾った覚えのない石があるんだ。石なのに真っ黒で、平べったくて、つるつるして、見たことがない形なんだ。だから、それは僕の故郷の石なんじゃないかって思ってるんだ」

「すごい。じゃあ私たち、魔法少女と宇宙人だったんだね」

「いや、僕は、奈月ちゃんみたいにきちんとした証拠があるわけじゃないから……」

「きっとそうだよ。由宇の故郷って、ポハピピンポボピア星なんじゃないかなあ。それだったらすごい！　ピュートと同じ星からきたんだよ！」

私は興奮して身を乗り出した。

「……そうかな。本当にそうだったら、いつか帰りたいな」

由宇の言葉に、私は驚いて握りしめていたコンパクトを取り落しそうになった。

「えっ、帰る……？」

「僕、お盆のときにここにくると、いっつもこっそり宇宙船を探してるんだ。でも見つからないんだ。ピュートに頼めないかな。迎えにきてくれないかって」

「やだ、ピュートはそんなことできないよ」

私は泣きそうになってしまった。由宇がいなくなってしまうなんて信じられなかった。

「由宇、いつかいなくなっちゃうの？」

「たぶん。美津子さんにもそのほうがいいと思うし。だって僕は拾われてきた宇宙人で、本当の親子じゃないんだから」

泣きだした私に、由宇が慌てて、「奈月ちゃん、泣かないで」と一生懸命背中を撫でてくれた。

「私、由宇が好き。いなくなっちゃやだよ」

「でも、いつか迎えがくると思う。僕はずっとそれを待っているんだ」

由宇の言葉にますます涙が止まらなくなった。

「ごめんねこんな話をして、奈月ちゃん、地球にいるうちは何でもするよ。僕、おばあちゃんの家にいると落ち着くんだ。たぶん故郷が近いからだと思うけど、奈月ちゃんがいるからでもあると思う」

「……それなら、自分の星に帰るまででいいから恋人でいてほしい」

私の願い事に、由宇はあっさり頷いた。

「うん、わかった」

「いいの？　本当にいいの？」

「うん。僕も奈月ちゃんが好きだから」

私と由宇は指切りをして、約束をした。

①　私が魔法少女だということは誰にも言わない。
②　由宇が宇宙人だということは誰にも言わない。
③　夏休みが終わっても他の子を好きになったりしない。お盆には必ず長野にきて会う。

指切りをしたところで、足音がした。私は慌ててピュートとコンパクトをポシェットの中に隠した。

やってきたのはてるよしおじさんだった。

「こんなところにいたのか。川に流されちゃったかと思ったぞお」

てるよしおじさんは明るくて、子供たちといつもあそんでくれる。

「ごめんなさい」

由宇と二人で謝ると、てるよしおじさんは笑って頭を撫でてくれた。

「お、すいこか。気に入ったか？　すっぱいけどけっこうおいしいだろ」

「うん！」

「すいこの味がわかるとは、奈月ちゃんも山の女だなあ！　おいで、桃を切ったからってばあちゃんが呼んでるぞ」

「はあい」

私たちは連れだって家へと向かった。

由宇とした指切りの感触が指にのこっていた。頬が熱くなるのを隠して、急ぎ足で玄関へ向かった。由宇も同じみたいで、俯いてせかせかと歩いていた。

そのときから、私と由宇は恋人同士なのだった。魔法少女の私は、由宇が故郷の星に帰るまで、宇宙人の恋人なのだった。

おばあちゃんの家の玄関は広い。自分の部屋と同じくらいの広い空間に、いつも戸惑ってしまう。

「おじゃまします」

黙っている父に代わって、母が声を張り上げる。桃と葡萄が混じったような、果物の匂いがした。それに混ざって微かに、動物の匂いがする。隣の家では牛を飼っているというが、距離はかなりあるので、家の中から漂う動物の匂いは、自分たち人間のものなのかもしれなかった。

「あらあら、いらっしゃい。暑かったでしょう」

障子があいておばさんらしき人物が寄ってくる。見覚えがあるような、ないような年配の女性だ。年に一度しか来ないこの場所で、私は大人の顔をいまいち見分けることができない。

「貴世ちゃん、奈月ちゃん、大きくなったわねえー」

「あらあ、手土産なんてよかったのに、いつも悪いわねえ」

「なつこさんはね、腰やっちまってね、今年は来ねえっつうんよ」

微かに見覚えのある中年の女性たちが楽しそうにお喋りを始め、母が一人一人に挨拶している。これが長くかかるのだと、私はこっそり溜息をついた。おばさんたちも、母も、土下座をするような恰好でお辞儀をしている。父はぼんやりと玄関に立ち尽くしていた。

居間からおじいちゃんとおばあちゃんが中年の男性に支えられながら現れた。おばあちゃんは、

「まあまあ、遠いところおつかれさんです」と母に頭を下げた。おじいちゃんが私を見ながら目を細めて、「みさこ、大きくなったなあ」と言い、「やだお義父さん、この子は奈月ちゃんよ」とおばさんが背中を叩いた。

「おお、遅かったなあ。渋滞だったかあ」

てるよしおじさんが快活に父に話しかける。私たち子供の相手をいつもしてくれるから、てるよしおじさんのことはよくわかる。

「ほらお前ら、貴世ちゃんと奈月ちゃんだぞ」

おじさんに言われて、三人の男の子がそろそろとこちらにやってくる。てるよしおじさんの息子で私のいとこの三兄弟だ。いたずらばかりして毎年大人に叱られている。一番上の陽太くんは私より二つ年下で、今は三年生のはずだ。

いとこたちは少し警戒した動物のような動きで私と姉を眺めた。どの顔も、見覚えがあるけれど、記憶と異なっている。全部自分のいとこだということはわかるが、顔のパーツが前より顔の端っこまで散らばっている感じがしたり、鼻が高くなったりしているし、体つきも変わっている。

恋人の由宇のことを忘れたことは一度もないが、他の何人もいるいとこやいとこの子供たちには、再会するときいつも少しだけ戸惑う。いとこたちはいつも夏休みには一緒に過ごし、親友のように仲良くなるのに、一年間会わずに次の夏になると、また少し距離ができている。大人たちは、「ほら、二人が綺麗になったからって照れないで」と余計なことを言い、陽太くんたちはますます距離をとって、気まずそうにしている。

私から「こんにちは」と挨拶をすると、「こんにちはあ」と少し照れくさそうな挨拶がかえってきた。

「由宇くんも来てるよ。奈月ちゃんはまだ来ないのーって、寂しそうでなぁ」

てるよしおじさんの言葉に、思わずリュックを背負った背中をぴくりと動かしてしまった。平静を装って、何気なく言う。

「へえ、そうなんですね。今はどこにいるんですか?」

「さっきまであっちで宿題やってたんだけどなあ」

「屋根裏部屋にいるんじゃない? あの子、あそこが好きでしょう」

そういったのは背が高い女の人で、わたしよりずっと年上のいとこのサキさんだ。サキさんは赤ん坊を抱いている。父の一番年上の姉であるりつこおばさんはサキさんを長女にした三人姉妹のお母さんで、三人とももう結婚している。

赤ん坊には初めて会う。去年いなかった人間が発生していることが不思議だ。サキさんの足元にしがみついている女の子は、去年赤ちゃんだったミワちゃんだろう。

年が近い子たちだけでも覚えきれないので、いとこの子供や、赤ちゃんまではほとんど記憶がなく、毎年覚えなおすしかない。私は母にならって、新しい人物が登場するたびに頭を下げた。

「あら、美津子は？」

「台所にいるわよ」

「由宇くんはどこ？　奈月ちゃんはまだかって朝は言ってたのに、待ちきれなくてお昼寝してるのかしら」

りつこおばさんの言葉に、てるよしおじさんが笑う。

「由宇くんは毎年、奈月ちゃんにべったりだもんなあ」

毎年、このやりとりを繰り返している気がするけれど、恋人になった今では恥ずかしい。私は何も言わずに俯いた。

「ほんと、二人そろうと双子みたいでねえ」

また別のおばさんが言う。私は姉とも両親とも似ていないが、なぜか由宇にはそっくりだと皆から言われた。

「ほらほら、いつまでも玄関で話してないで。貴世ちゃんも奈月ちゃんもあがって、疲れてるでしょう」

こんな人いただろうかというようなでっぷりと太ったおばさんが手を叩き、

「そうだな」

と父が頷いた。

「二階に荷物置いてね、奥がいいわよね。手前の部屋は山形が使うから。奥の部屋は福岡が使ってるけど、一晩だけだし一緒でいいわよね」

「いい、いい。ありがとう」

父が答えて靴を脱ぐ。私はあわててそれに続いた。

おばあちゃんの家では、皆、住んでいる場所で互いを呼び合う。それも中年の女性や男性のことがよく覚えられない要因だ。名前があるのだろうからそれで呼べばいいのにといつも思う。

「貴世、奈月、まずご先祖様に挨拶するぞ」

父の言葉にうなずいて、私と姉は仏壇のある部屋へ行った。私と由宇はここを「お仏壇の部屋」と呼んでいる。「お仏壇の部屋」は居間と台所の間にある。おばあちゃんの家はお風呂場の方にしか廊下がなくて、一階の六つの部屋は居間も二つの座敷も台所も、全部襖で繋がっている。

「お仏壇の部屋」は六畳ほどで、千葉のニュータウンの私の部屋と同じくらいの大きさだ。陽太くんは「お化けの部屋」と言って弟を脅かすけれど、私はこの部屋にいるとなんだか安心する。ご先祖さまが見守ってくれている感じがするからかもしれない。

私と姉は父と母に続いて、仏壇にお線香をあげた。私の家には仏壇がないし、友達の家でも見たことがない。お線香の匂いは、ほとんどここか、お寺にお参りをしたときにしか嗅ぐことがない。私はこの匂いが好きだった。

「さ、貴世、大丈夫？」

お線香をあげおえた姉が、俯いたまま蹲《うずくま》っている。

「あら貴世ちゃんどうかしたの？」

「ちょっとね、車に酔ったみたいなんです」

「あらあら」

「あの山道はね、慣れないと子供はどうしてもねえ」

おばさんたちが笑う。口を押さえて身体を揺らす中年女性たちの中には、いとこも一人か二人、混ざっているのだと思う。私には父方だけで十人以上のいとこがいて、全部の顔を把握できていない。宇宙人がもう一人紛れていても、誰も気が付かないかもしれない。

「大丈夫、貴世!?」

姉の背中を摩っていた母が、急に口を押さえた姉に慌てる。

「あらあら。吐いちまえば楽になるよ」

おばさんが言うと、母は姉を抱え、「すみません」と頭を下げながらトイレのほうへと向かった。

「あの山道、そんなに辛いかしらねえ」

「歩いてくれれば酔わんけどなあ、やわだねえ」

母に肩を抱きしめられた姉がちらりとこちらへ視線をやったのを見て、私は父に、

「お父さんも行ってあげれば」

と言った。

私にはピュートがいるけれど、姉にはいない。父と母はかわいそうな姉に寄り添ってあげるべきだと思った。

父は「いや、いいだろう」と言ったが、微かに姉の泣き声がするのを聞いて、いそいでそちらへと向かって行った。

父と母が姉の元へ行って、私は少しほっとした。

学校の図書館で借りた本に、「家族水入らず」という言葉があったとき、なぜかしっくりきたのをよく覚えている。私は両親と姉が一緒にいるのを見ていると、いつもその言葉を思い出す。自分がいなくなると三人は、すごく家族っぽくなる。だからたまには、三人で家族水入らずで過ごして欲しいと思っている。

魔法少女の私は、「消える」という魔法をピュートに習っている。本当に消えるわけではなく、息を潜めて気配を消すという意味だ。「消える魔法」を使うと、三人は三人家族になって、幸福そうに寄り添う。私は家族のために、たまにこの魔法を使うことにしている。

母は、「奈月はおばあちゃんの家が大好きだものね。お姉ちゃんは山より海がいいもんねえ。私そっくり」とよく言っている。母は、おばあちゃんが苦手なので、私が秋級に行くとはしゃぐのが面白くないみたいだ。お姉ちゃんは母にべったりでニュータウンの家でいつも秋級の悪口を言っているので、母は姉のほうがずっといい子だと感じているのだと思う。

私は一人で荷物をもって階段へ向かった。二階には由宇がいると思うと緊張した。

「奈月ちゃん、ひとりで大丈夫？」

「はい」

私は頷いて、リュックを背負って二階へとあがった。

おばあちゃんの家の階段は、千葉の家の階段と違って、ほとんど梯子に近い。登るときには手を使ってあがる。猫になったみたいだなあと、毎年この階段をあがるたびに思う。

「気を付けるんだよお」

おばさんか、いとこか、誰か中年の女の人の声が後ろから聞こえて、「はいっ」と振り向かずに返事をした。

二階にあがると畳と埃の匂いがした。私は奥の部屋へ行き荷物を置いた。

ここは昔、蚕《かいこ》の部屋だったとてるよしおじさんに教わったことがある。竹で作った籠がたくさん置いてあって、その中に蚕がたくさんいたそうだ。蚕はいつもこの部屋から育てはじめ、だんだん二階全部にひろがり繭になるころには家中が蚕だらけになったという。

学校の図書館で図鑑を見たら、蚕の成虫は真っ白で大きな、今まで見たどんな蝶々より美しい蛾だった。蚕から糸をとったんだよ、と教えてもらったが、糸をどんなふうにとるのか、それから蚕がどうなるのかは聞きそびれたままだ。あの真っ白な羽が家中に飛び交ったらさぞかし幻想的だろうと思う。まるでお伽噺みたいで、私は蚕の赤ちゃんが最初に並べられたというこの部屋が大好きだった。

襖を開けて「お蚕さまの部屋」を出ると、向こうから微かに床の軋みを感じた。

誰かいる。

私は、皆が屋根裏と呼んでいる部屋に近付いた。屋根裏といっても二階の上にあるわけではなく、奥にある大きな襖をあけると、そこに真っ暗な空間が広がっているのだ。そこには父やおじさん、おばさんが昔使っていた玩具や、誰かが集めたらしい本がごっそり置いてあって、子供たちはいつもここで宝探しをする。

「由宇？」

私は暗がりに向かって声をかけた。屋根裏は、足の裏が真っ黒になるから、ベランダに出るサンダルを履いて中に入るよういつも言われていたけれど、私は待ちきれなくて、靴下だけ脱いで暗がりの中に踏み込んだ。

「由宇？　いるの？」

豆電球がついているほうへ向かう。昼間なのに真っ暗で、光はそれしかなかった。がさりと音がして、悲鳴をあげそうになったとき、

「だれ？」

と小さな声がした。

「由宇！　奈月だよ！」

声のした方に向かって叫ぶと、奥の暗がりからぼんやりと小さな白い影が現れた。

「奈月ちゃん。ひさしぶり」

豆電球のあかりに微かに照らされて、由宇がそこに立っていた。

私はいそいで由宇のそばに駆け寄った。

「由宇！　会いたかった！」

「しっ」

由宇が慌てて私の口をふさいだ。宇宙人だからあまり成長しないのだろうか。去年とまったく変わらない姿の由宇がそこにいた。

「おばさんや陽太くんに聞こえたら大変だよ」

「そうだよね、二人の恋は誰にも秘密だもんね」

私の言葉に、由宇は少し恥ずかしそうな、困った顔をした。

暗がりの中でもわかる、薄茶色の目と細い首は確かに由宇だった。

「やっと会えた……！」

「一年ぶりだね、奈月ちゃん。僕も奈月ちゃんに会いたかった。てるよしおじさんから今日、奈月ちゃんたちが来るって知らされてたから早起きして待ってたんだ。でも渋滞で遅くなるっておじさんが言ってたから」

「だからこんなところで一人で遊んでたの？」

「うん。退屈だったんだ」

由宇の身体は成長が止まっているどころか、小さくなったようにすら感じられた。陽太くんは去年よりがっしりしていたのに、由宇は首も手首も去年より細くなったように見える。私がそれだけ大きくなったということなのかもしれないけれど、儚く見えて、心配になる。

私は由宇の白いTシャツの裾を摑んだ。肌を掠めた指先から、由宇の温度が微かに感じられた。宇宙人だからだろうか。由宇は体温が低い。ひんやりとした手が、私の熱い手と繫がった。

「由宇、今年は、送り火までいられる？」

由宇の冷たい手を必死に握りしめながら尋ねると、由宇は頷いた。

「うん。今年は美津子さんが休みを長くとれたから、お盆の間ずっといられるって」

「よかった！」

由宇はおばさんのことを名前でよぶ。美津子さんが、そのほうがいいと言っているそうだ。美津子おばさんは父の一番下の妹で、三年前に離婚してから、由宇に恋人のように甘えるようになった。寝る前は毎日美津子さんの頬にキスをしなくてはいけない、と由宇が言うので、「本当のキスは私としてね」と約束していた。

「奈月ちゃんは？」

「私もお盆のあいだずっといられるよ！」

「じゃあ、花火も一緒にできるね。てるよしおじさんが、大きな打ち上げ花火買ってくれたんだ。送り火の日にみんなでやろうって」

「わあ、うれしい！　線香花火やりたい！」

はしゃいだ私に、由宇は小さく笑った。

「今年は宇宙船、探しに行く？」

「うん、時間があれば」

「でもすぐに帰ったりしないよね？」

由宇は頷いた。

「約束する。宇宙船が見つかっても、奈月ちゃんに黙って帰ったりしないよ」

私はほっと息をついた。

由宇は、もしも自分の宇宙船が見つかったら帰るのだという。私もつれていってと何度もねだったが、いつか迎えに来るから、の一点張りだった。由宇は大人しいけれど意志が強い。

由宇はすぐにどこかへと消えてしまう気がする。私は、自分も宇宙人になりたくて、帰る場所がある由宇がうらやましくてしかたがなかった。

「あとで、陽太くんが大人に内緒で井戸を開けてみるっていってたよ」

「え、あの開かずの井戸？　私も見たい！」

「うん、一緒に見に行こう。夜になったら、てるよしおじさんが蛍を見に連れて行ってくれるって」

「やった！」

由宇は真面目なので、不思議なものを見ると詳しく知りたがる。てるよしおじさんはこの家や村のことを教えるのが大好きなので、由宇のことをことさらによくかまった。

下から、「由宇くん、奈月ちゃあん！　降りておいで、スイカが冷えたよお」とおばさんが叫ぶのが聞こえた。

「行こうか」

由宇と私は手をつないだまま屋根裏をでた。

「あとでゆっくり遊ぼうね、奈月ちゃん」

「うん！」

頬が赤くなるのを感じながら、私は頷いた。恋人に今年も無事に会えたことがうれしくてしょうがなかった。

父は六人きょうだいで、お盆には親戚が入り乱れてとても賑やかになる。居間に入りきらないので、奥にある上座敷と下座敷を襖を外して繋げ、そこに長いテーブルを置いてごはんを食べる。家の中に虫がたくさんいても、皆あまり騒がない。千葉の家だと小さなハエが入ってきただけで大騒ぎなのに、母や姉もおばあちゃんの家ではいちいち騒ぐことはあまりない。男の子がはりきってハエたたきで虫を殺しても、ハエや、バッタや、見たことのない虫がいつまでも部屋の中をうろうろしているのだった。

お手伝いができる年齢になった女の子たちは皆、台所へ行って夕飯の準備に参加する。姉も大人しくじゃがいもの皮をむいていた。

私はごはんをよそう係になり、二つ並んだ炊飯器からご飯をどんどんお茶碗によそった。いとこの子供の、まだ一年生のアミちゃんが、お盆にのせて運ぶ。マリさんがお盆を支えて手伝いながら、座敷へと向かっていった。

「はい、ごはん第一便！　通りますよー」

マリさんが襖をあけて、仏壇の前を通り過ぎ、アミちゃんたちはおじさんたちが待つテーブルへ向かった。

「ほらあんた、ぼやぼやしないでさっさとよそって！」

鍋に向かっていた母が振り向いて私に怒鳴る。

「まあまあ、奈月ちゃんもしっかりしてきたわねえ」

私の苦手な、海草を固めた生臭い羊羹みたいな「えご」を切りながらおばあちゃんがこちらを向く。

「いいえぇ、本当にあの子はみそっかすで、何やらせても下手くそなんでね、見てるほうが疲れるんで嫌になっちゃうんですよう。それに比べてユリちゃんはしっかりしてるわねえ、もう中学生だものねえ」

母にみそっかすといわれるのは慣れている。実際に私は出来損ないで、よそったご飯もうまく丸くふっくらせず、ぺったりしてしまっていた。

「ほらよそいかたが汚い！　もうあんた、ユリちゃんに代わりなさい。本当に不器用なんだから、この子は」

母が溜息をつき、おばさんが「そんなことないわよお。上手よー！」とおべっかを言ってくれた。

私はなるべく出来損ないに思われないように、必死にご飯をよそった。「その赤いお茶碗はてるよしおじさんのだからね、たーくさんよそっちゃってね！」とおばさんに言われ、ご飯を茶碗によそえるだけ盛りつけた。

「暗くなっちゃったわねえ。そろそろお迎えに行かないとねえ」

「今日は迎え火だからね」

おばさんたちが話しているのが聞こえ、私は早くしなくてはと、いそいで次のお茶碗を手に取った。

「おーい、そろそろお迎えに行くぞお」

てるよしおじさんが玄関で声を張りあげている。

「ほら、きた。奈月ちゃん、こっちはいいから行っておいで」

「はい！」

私はしゃもじをおばさんに渡して立ち上がった。

外からは虫の声がする。もうすっかり、夜が訪れて、台所の窓の外は宇宙の色に染まっていた。


子供たちはてるよしおじさんと一緒に迎え火をしに川へ向かった。火のついていない提灯を由宇が持って、懐中電灯を私が持った。

秋級の山は暗くなり、川は昼間と違って飲み込まれそうに黒かった。藁の束を川辺に置いて火をつけると、皆の顔がぼおっとオレンジ色の光に照らされた。私たちはおじさんの言うとおりに炎に向かって繰り返した。

「ご先祖さまご先祖さま、どうかこの火のところにおいでください」

「ご先祖さまご先祖さま、どうかこの火のところにおいでください！」

声を合わせて皆で叫ぶ。暗い中で川の音だけが鮮明に聞こえた。

藁についた火をじっと見ていると、おじさんが言った。

「よし、そろそろいらっしゃっただろ。提灯に火をうつせ、陽太」

いらっしゃった、というのでアミちゃんが「ひょわあ」と変な声をあげた。「大声を出したら駄目だよ、ご先祖さまがびっくりしちゃうからね」とおじさんに言われ、私は唾を飲み込んだ。

藁からそっと提灯へと火がうつされた。火のついた提灯は陽太くんが持った。よろよろとしながら、「火を消すなよ！」というおじさんの言葉に従って用心深く、家まで提灯を持っていく。

「おじさん、ご先祖さまはあの火の中にいるの？」

てるよしおじさんに聞くと、おじさんは頷いた。

「そうだよ、あの火を目印についてきてくださってるんだよ」

提灯を持った陽太くんが縁側から座敷に入ると、おばさんたちが出迎えてくれた。

「気を付けて」

「消さないようにね」

陽太くんは励まされながら、座敷の奥まで進んだ。

陽太くんは盆棚までそろそろと歩き、おじさんが火を蠟燭にうつした。盆棚の上には茄子ときゅうりが割りばしで手足を付けられて四つんばいになっている。ご先祖様が乗るからと昼間、アミちゃんとユリちゃんが作ったのだ。

「これでいい。この火のところにご先祖さまがいるんだよ。奈月ちゃん、もし蠟燭が小さくなったら交換してね。火を消さないように。消えるとね、目印がなくなってご先祖さまが困っちゃうからね」

「はい！」

テーブルをみると、父たちはもう座りこんで飲み始めていた。男たち、女たちとわかれて、男たちは酒を飲み、女たちはせっせと料理を作って運んでいるのだった。

私と姉は「子供たち」の席に座った。テーブルの上には山菜や煮物が大皿で並んでいた。

「ハンバーグ食べたい！」

陽太くんが叫び、「そんなものあるか！」と父親のてるよしおじさんに頭を叩かれていた。

テーブルにはイナゴの佃煮が載っていて、その横をバッタが走っていた。

「陽太、捕まえろ」

陽太くんはバッタを器用に両手で捕まえて、逃がそうとした。

「ばか、網戸あけるな、虫が入ってくる」

「じゃあ、蜘蛛にあげてくる」

私はそう言って立ちあがり、生きたままのバッタを陽太くんから受け取った。台所へ行き、蜘蛛の巣にそっとバッタをくっつけた。バッタは少し羽根を震わせるだけで、激しい抵抗はせずに蜘蛛の糸に絡まった。

「ごちそうだね」

後ろをついてきた由宇がいった。

「こんな大きいの食べるかな」

蜘蛛は突然引っかかってきた巨大なエサに戸惑っているように見えた。

私たちはテーブルに戻り、お皿の上のイナゴを口に運んだ。今頃、蜘蛛もバッタを食べているのだろうかと思うと、何だか変な感じで、それでもイナゴはさくさくとして甘く、私は二匹目を口の中に押し込んだ。


夜が更けると家の周り中が虫の声に包まれる。いびきをかいている子もいるけれど、外の生き物たちのほうが人間よりよほど煩かった。

少しでも灯りをつけると網戸に虫がびっしりとついてしまうので、部屋は真っ暗にしてあった。普段、子供部屋で灯りをつけて眠っている私は、少し怖くて布団にしがみついた。

襖の向こうには由宇がいる。そう思うと気持ちが落ち着いた。

人間ではない命が、窓のすぐそばまで押し寄せてきていた。人間ではない生きものの気配のほうが大きい夜は、不思議で、少し怖いけれど、野生の自分の細胞が疼いているような感じがした。


姉がヒステリーの発作を起こしたのは、翌朝のことだった。

「帰りたい!! こんなところ、大きらい!! 千葉に帰る!!」

姉は泣き叫んだ。

姉は毛深いので、中学校では「クロマニョン人」と呼ばれていると、同い年のお姉ちゃんがいる佳苗ちゃんに聞いたことがある。

小学校でも、「お前、クロマニョン人の妹なのかよ」と言われることがあった。

姉は中学校ではよほど浮いているらしく、朝、私が小学校へ行く時間になっても部屋から出て来ない日も多い。そのまま休むこともよくあって、そのたびに母が姉をなだめていた。

なので夏休みは好きな筈なのだが、陽太くんが、「なんで貴世ねえちゃん、髭生えてるの?」とおばさんに聞いたことがいとこに伝わって、朝ごはんのときに皆がかわるがわる髭を見に来たのが、姉の逆鱗に触れたのだ。

「ほら、あんたが女の子からかうから! 貴世ちゃんに謝りなさい!」

おばさんが叱り、陽太くんが泣きながら謝ったが、姉は泣き止まなかった。

「困ったわねえ。貴世ちゃん、ほら、たまにひきつけをおこすでしょ」

おばさんたちが困った様子で話し合っていた。

姉はそのまま母にしがみついて離れなかった。

姉はストレスが極限に達すると吐いてしまう。

「具合が悪い」「家に帰りたい」と繰り返す姉に、夜になって母が音をあげた。

「もうだめだわ。熱も出てきたみたいだし、帰りましょう」

「具合が悪いなら仕方がないな」

父がおろおろしながら頷いた。

陽太くんは半泣きで「貴世ねえちゃんごめんなさい」と繰り返していたが、姉の体調不良はおさまらなかった。

「そんなに甘やかすからだめなんだよ」

たかひろおじさんが言い、てるよしおじさんも、

「そんなに急がなくても、こっちのほうが空気がいいし、ここで寝てれば治るよ。なあ貴世ちゃん」

となだめたのだが、姉は一歩もひかず、母は疲れ切っていた。

「明日の朝、帰るわよ」

母に告げられて、私は頷くしかなかった。

翌朝六時に、私は由宇と約束して土蔵の前で待ち合わせをした。

「どこにいくの？」

「お墓」

そういうと由宇は驚いた。

「何しにいくの？」

「由宇、私、今日帰らなきゃいけないんだもん。お願い、私と結婚して」

突然の申し出に、由宇は戸惑って、「結婚？」と繰り返した。

「だって、私たち、また来年まで会えないんだよ。由宇が結婚してくれたら我慢できる。おねがい」

由宇は私の必死さに、決意したように頷いた。

「わかった。奈月ちゃん、結婚しよう」

私たちはこっそり家を抜け出し、田んぼの奥にあるお墓へ向かった。

お墓につくと、私はピュートを取り出して、お供え物の横に置いた。

「ピュートが牧師をやってくれます」

「こんなことして、ばちがあたらないかな」

「愛し合う二人が結婚するのに、ご先祖様が怒ったりするはずないよ」

人間の言葉が喋れないピュートに代わって、私は声をはりあげた。

「ご先祖様に誓って、私たちは結婚します。笹本由宇さん、あなたは笹本奈月を愛し、健やかなるときも、病めるときも、うれしいときも悲しいときも、命ある限り夫婦でいることを誓いますか？」

私は由宇に小さな声で言った。

「由宇、誓って」

「はい、誓います」

「はい、わかりました。では笹本奈月さん、あなたは笹本由宇を愛し、健やかなるときも、病めるときも、うれしいときも悲しいときも、命ある限り夫婦でいることを誓いますか？　……はい、誓います」

私はポシェットの中から、針金で作った二つの指輪をとりだした。

「由宇、これを私の指にはめて」

「うん」

由宇の冷たい手が、私の薬指に針金の指輪をはめた。

「じゃあ、今度は由宇が手を出して」

私は由宇の真っ白な指を傷つけないように、用心深く指輪を通した。

「これで私たちは結婚しました」

「すごい、じゃあ僕たちは夫婦になったんだね」

「そうだよ。恋人じゃなくてもう夫婦になったの。だから離れていても家族だよ」

私の言葉に、由宇はすこしだけはにかんで、

「美津子さんは気分屋で、怒ると『家を追い出すよ』ってすぐ言うから、新しい家族ができてうれしい」

と言った。

「もう一回、決まり事つくろうか。恋人になったときみたいに。夫婦になったから、新しい決まり事をつくろう」

「うん」

私はポシェットからメモ帳を取り出した。ピンクのペンで、決まり事を書いていく。

「そのいち、他の子と手をつないだりしないこと」

「フォークダンスは？」

「それはいいの。女の子と二人きりで手をつないだりしちゃだめ」

「わかった」

由宇は神妙な顔で頷いた。

「そのに、寝るときは指輪をつけて眠ること」

「この指輪を？」

「うん。あのね、昨日の夜、その指輪に魔法をかけておいたから。だから離れていても、寝るときに手と手が繋がってるの。夜になったら指輪をみて、お互いのことを思いだすの。そうしたら安心して眠れるでしょ」

「わかった」

「あと何かな。由宇はなにかある？　夫婦の決まり事」

由宇は少し考えて、ピンクのペンをとった。

整った小さな字で、こう書いた。

③　なにがあってもいきのびること。

「どういう意味？」

「また次の夏、僕と奈月ちゃんが無事に会えるように。何があっても、どんな手を使っても、生き延びて、来年の夏元気で会えるように、約束したい」

「わかった」

誓いの言葉が書かれた紙は、由宇が預かることになった。私の物は姉や母に勝手に捨てられることがあるので、由宇の所にあったほうが安全だと思ったのだ。

「じゃあね、絶対に約束を破らないでね。来年の夏、ぜったいね！」

「うん」

私たちは指輪をポケットに隠し、急いでおばあちゃんの家に戻った。玄関にはもうお味噌汁の匂いが漂っていた。

「あらあ、由宇くん、奈月ちゃん、もう起きてたの」

おばあちゃんが目を丸くした。

「うん、自由研究につかう花を探してたんだ」

用意していた言い訳を言うと、「偉いわねえ！」とおばあちゃんがしきりに感心した。

「ああ、そうそう、忘れちまうところだった」

おばあちゃんがいそいで居間にいき、鞄からティッシュに包まれたお金を取り出した。

「これ、少ないけど。好きなおもちゃでも買いなさいねえ」

「ありがとう！」

「ほれ、由宇くんにもね」

お盆の間、大人たちは小さな封筒や、ティッシュに包まれたお金をくれる。金額はお母さんに報告することになっていたけれど、中身は私たちのものだった。

いつか、山形に住んでいる由宇に会いに行くために、私はお金をためている。もらったお金は、大切にポシェットに入れた。

「あらあんた、もう起きてたのね。ちょうどいいわ、朝ご飯たべたらすぐ出るからね、準備しちゃいなさい」

階段を降りてきた母が言った。

「お姉ちゃん、まだ具合悪くてねえ。いそいで帰って、お盆でもやってるお医者さんを見つけないと」

「わかった」

母がおばあちゃんに頭を下げる。

「ごめんなさいお義母さん、お盆が終わるまでいたかったんですけど」

「いいのいいの、貴世ちゃんは身体が弱いものねえ」

私は由宇のことを見た。このまま、送り火が終わるまでここにいることはできないのだろうか。山をのぼってくるバスは日に一本あるかないかだと、前に父が言っていた。

「お母さん、私もう少しいてバスで帰ろうかな」

おそるおそる言うと、母が疲れた顔でこちらを見た。

「ばかなこと言ってないで、早く準備して。お姉ちゃんがヒステリーを起こしたらおさまらないって、奈月もわかるでしょ」

「でも、一日一本バスはあるって……」

「もういいから、あんたまで面倒なこと言わないで！」

母が怒鳴った。

「……ごめんなさい」

これ以上、「家族」の邪魔をしないほうがいいだろう。私はもうお嫁に行ったのだから。私はもうこの家をでて、父と母と姉は本当に三人家族になったのだ。

私たちは夫婦になったのだと思うと力がわいてきた。私は由宇のことをちらりと見た。由宇もこちらを見て、小さく頷いた。

来年、きっとまた無事に会えますように。私にできる精いっぱいの魔法で願った。家のあちこちから床が軋む音が聞こえはじめ、本格的に朝がやってきたのだとわかった。縁側から見える真っ青な空には、もう、宇宙の色は残っていなかった。


車の中は熱とゴムが溶けたような匂いで満たされていた。

「窓あけて、換気して」

姉の背を摩りながら母が言った。

私は前の席に乗り、窓の外を見つめた。

窓の外が少しずつ平坦になって、ビルが増えていく。

父は終始無言だった。母は必死に姉のヒステリーをおさえている。

「家族」は大変だな。そう思いながら、ポケットの中の指輪を握りしめた。

私は目を瞑って由宇を思った。目を瞑ると、暗闇だけではなく、星のような光が見えた。新しい魔法が使えるようになったのかもしれない。私は瞼の中から、由宇の故郷のポハピピンポボピア星がある宇宙を見ることができるようになったみたいだった。

いつか宇宙船が見つかったら、私も一緒にポハピピンポボピア星に連れて行ってもらおう。私たちは夫婦になったんだから、由宇の故郷にお嫁にいくんだ。そのときはピュートももちろん連れて行こう。

目を閉じて、宇宙の中を漂っていると、本当に、すぐそばにポハピピンポボピア星の宇宙船が近づいてきている感じがした。

私は恋と魔法の中にいた。その中にいるかぎり私は安全で、誰も、私と由宇の幸福を壊すことなどできないのだった。

2

私は、人間を作る工場の中で暮らしている。

私が住む街には、ぎっしりと人間の巣が並んでいる。

それは、もしかしたらてるよしおじさんが話してくれた、蚕の部屋に似ているのかもしれない。ずらりと整列した四角い巣の中に、つがいになった人間のオスとメスと、その子供がいる。つがいは巣の中で子供を育てている。私はその巣の中の一つに住んでいる。

ここは、肉体で繋がった人間工場だ。私たち子供はいつかこの工場をでて、出荷されていく。

出荷された人間は、オスもメスも、まずはエサを自分の巣に持って帰れるように訓練される。世界の道具になって、他の人間から貨幣をもらい、エサを買う。

やがて、その若い人間たちもつがいになり、巣に籠って子作りをする。

五年生になったばかりのころ、性教育を受けて、私はやっぱりそうだったのかあ、と思った。私の子宮はこの工場の部品で、やはり同じように部品である誰かの精巣と連結して、子供を製造するのだ。オスもメスも、この工場の部品を身体の中にかくして、巣の中を蠢《うごめ》いている。

私は由宇と結婚したけれど、由宇は宇宙人だからたぶん子供はつくれない。宇宙船が見つからなければ、私はきっと他の誰かとつがいになって、世界のために人間を産まなくてはいけなくなるだろう。

そうなるまえに、どうか宇宙船が見つかりますように。

ピュートは勉強机の引き出しの中につくったベッドで眠っている。ピュートがくれたステッキとコンパクトで、私はこっそりと魔法を使い続ける。魔法を使って、私の命を未来へと運び続けている。

家に帰ってきた私は、すぐに仲良しの友達の静ちゃんに電話をした。静ちゃんはお盆も家にいたみたいで、私がいなくて退屈していたそうだ。

「それじゃあ、奈月ちゃんも明日のプールいく？　リカちゃんとエミちゃんと行く予定なんだけど、私、リカちゃん苦手なんだよね。奈月ちゃんが来てくれたら絶対楽しいよ、一緒にスライダーやろうよ！」

「ごめんね、私、昨日の夜から生理になっちゃったんだ」

「えー、残念！　じゃあ明後日《あさって》、クレープ食べにいこうよ」

「うん！」

「来週からは塾だよね。やだけど、伊賀崎先生に会えるのちょっと楽しみだなあ、かっこいいんだもん」

「ははは」

静ちゃんと久しぶりに電話をしたら止まらなくなり、夢中になって話していると、どん、と背中に衝撃があった。

「邪魔」

振り向くと、不機嫌そうな姉が立っていた。どうやら背中を蹴られたらしい。姉は私が電話をしていると、すぐに背中を蹴ってくる。

「ごめんね、お姉ちゃんが電話使うみたい」

「あ、そうなんだ！　わかった、じゃあ明後日ね！」

「じゃあねー！」

電話を切ると、姉が不機嫌な声で言った。

「あんたのうるさい声聞いてると、また熱があがる」

「ごめんね」

姉は乱暴にドアを閉めて部屋に籠った。こうなると、姉はなかなか出てこない。

私はそっと音をたてないように自分の部屋へ帰った。指輪を左手の薬指にはめて眺める。

こうしていると、由宇と同じ指を共有しているような気持ちになる。そういえば薬指だけ奇妙に白い気がする。由宇の細い指に似ている気がして、そっと薬指を撫でた。

私はそのまま指輪をはめて眠った。目を閉じると、また宇宙が見えた。

あの漆黒の中へ、早く帰りたい。行ったことのないポハピピンポボピア星が、自分の故郷であるような気持ちになっていた。


塾の日、私は少し悩んで、黒いシャツを着た。上までボタンを留める。半袖とはいえ少し暑かった。

塾の鞄を持って、こっそりピュートも入れて一階に降りると、廊下にいた母が顔をしかめた。

「あら、何だか喪服みたいねえ。そんなに着込んで」

「うん」

「何だか気が滅入るわ。只でさえ疲れてるのに」

母は溜息をついた。

家の中にゴミ箱があると便利だ。私はたぶん、この家のゴミ箱なのだと思う。父も母も姉も、嫌な気持ちが膨らむと私に向かってそれを捨てる。

回覧板を持った母と一緒に玄関を出ると、隣のおばさんに声をかけられた。

「あら奈月ちゃん、これから塾？　大人っぽくなったわねえ」

私の後ろから、母がおばさんに大声で返事をした。

「やだわあ、そんなことないですよ。本当にいつまでもどじばっかりしてねえ、目が離せないいんですよう」

「そんなことないわよ。ねえ？」

困った顔でおばさんが私に顔をむけた。

「いえ、母の言うとおりです」

と私は言った。魔法を使っていないときの私は、確かに人間の出来損ないだ。小さい頃から不器用だし、醜い。「工場」であるこの街の人からしてみれば、煩わしい存在だろう。

母が大声で続ける。

「お宅のチカちゃんはうちの子に比べると本当に優秀で。うちの子は頭も悪いし、何やらせてもとろくさくて。お荷物で苦労してるんですよ」

母が回覧板でぱしっと私の頭を叩いた。私は母によく頭を叩かれる。馬鹿だから少し刺激を与えたほうが頭がよくなると母がいうし、それにからっぽだから、いい音がするのだという。確かにそうかもしれない。回覧板が、ぱん、と高い音をたてた。

「それにほら、見た目もみっともないでしょ。お嫁の貰い手もないだろうしね、どうしようかと思ってるんですよ」

私は頷いた。

「はい、そうなんです」

産んだ人間がいうのだから、私はよほど出来損ないなのだろう。私が存在していることで、近所の人にも迷惑をかけているのかもしれない。見た目が気持ち悪いそうだし、要領が悪くて見ているだけでストレスが溜まると姉も言っていた。

「すみません」

一応謝っておこうと頭を下げると、

「あのお、ねえ、そんなことないですよ……」

と、おばさんは戸惑った様子だった。

私は「じゃあ、失礼します」と頭を下げ、自転車に乗って塾へ向かった。

後ろからは、

「本当にあの子はね、誰に似たんだか……」

という母の声がまだ聞こえていた。


自転車で走っていると、同じ形の家が並んでいる風景が、巣だなあ、と思う。昔、由宇と一緒に秋級の山の中で見つけた、大きな繭に似ている。

ここは巣の羅列であり、人間を作る工場でもある。私はこの街で、二種類の意味で道具だ。

一つは、お勉強を頑張って、働く道具になること。

一つは、女の子を頑張って、この街のための生殖器になること。

私は多分、どちらの意味でも落ちこぼれなのだと思う。


塾は、駅前に二年前にできた公民館の二階にある。

靴を脱いであがると二つ部屋があり、奥の部屋は中学受験をする六年生の特進コースの教室で、塾長先生が授業を担当している。手前の部屋は、私のように受験をしない子たちの普通コースだ。

こちらのクラスは、大学生のアルバイトの伊賀崎先生が担当している。

自転車をとめて教室に入ると、もう皆座っていた。静ちゃんがこっちこっち、と手招いて、私は隣に座った。

皆、日に焼けていたり、髪を切っていたり、夏休み前に会ったときとすこし姿が違っていた。

「奈月ちゃん、隣町の花火大会行くでしょ？　浴衣着るよね？」

「うん、そのつもり」

「ね、新しいの見にいかない？　金魚の可愛い柄のやつ、この前見たんだ」

皆、夏休みを満喫しながらも退屈しているらしく、お喋りが止まらない。二十人ほど子供が集まった教室は、笑い声とざわめきでいっぱいになった。

「こら、静かにしなさーい」

ドアをあけて伊賀崎先生が入ってきた。「わあ」と静ちゃんが嬉しそうな声を出した。

伊賀崎先生は人気のあるアイドルグループの男の子によく似ていて、女子から人気がある。かっこいいだけでなく、授業もわかりやすくて面白いと評判だった。

私はせめて「働く道具」としてはもう少し優秀になりたいので、一生懸命勉強している。

「奈月ちゃん、社会良くなってきてるね」

先生に言われて、私は「はい」と頷いた。

先生が私の頭を撫でた。先生の手が離れていっても、頭の毛の下の皮膚がびりびりと痛んでいた。

「奈月ちゃん、少し残ってプリント作り手伝ってもらえる？」

「はい」

伊賀崎先生は私によく用事を頼む。静ちゃんから「いいなあ」と言われながら、その日も私は教室に残って先生と二人きりで作業をした。

「奈月ちゃんは姿勢が悪いよね」

シャツの裾から先生の手が入ってきて、私の背骨を直接撫でた。

「ほら、こうやって背骨をのばすんだよ。ね、そうしないと、肩こりとかが起きちゃうからね」

「はい」

私は先生の手から逃れるように背骨をのばした。

「うん、姿勢がよくなった。奈月ちゃん、おへそにも力をいれてね」

先生の手が前にまわりそうになったので、慌てて身体を捩《よじ》った。

「どうしたの。先生は姿勢を教えてるんだよ？　大人しくしていないとだめだよ」

「はい」

先生の手がブラジャーを掠めた。私は黙ったまま背筋をのばしていた。

「これでいいよ」

先生の手がやっと離れたけれど、私の身体は強張ったままだった。

帰り際、

「奈月ちゃん、下着はね、濃いピンクじゃなくて白がいいよ。男の子に見えたり服から透けたりしたらいけないから」

「わかりました」

私は荷物をもって自転車でいそいで帰った。

先生はよく私の下着の色を注意する。だから黒いシャツを着たのに、先生は納得していないみたいだった。


すこしだけおかしいことは、言葉にするのが難しい。

伊賀崎先生はすこしだけおかしいような気がする。私が五年生になってこの塾に入り、普通コースになってからずっとお世話になっているけれど、伊賀崎先生はずっと、すこしだけおかしい。でも、気のせいかもしれないとも思う。先生みたいな格好いい人が小学生を相手にするわけないし、自意識過剰なのかもしれない。

自転車のスピードをあげていると、誰かが手を振っているのが見えた。

よく見ると、担任の篠塚先生だった。

「先生、こんばんは」

「どうしたの笹本さん、こんな遅くに」

「塾の帰りです」

「それならまあ、いいけど……」

篠塚先生は中年の女の先生で、皆からロングロングヒステリーアゴーと呼ばれている。少し顎が出ているのと、よく泣いてヒステリーを起こし、そうなってからのお説教が長いことから、いつのまにかそう呼ばれるようになった。学校の皆から陰で笑われているところは、少し姉と似ていた。

「そうそう、さっきまで採点してたけれど、この前のテスト、笹本さんすごく良かったわよ」

「え、ほんとですか!?」

「笹本さん、算数苦手だったでしょ？　でも今回のテスト、ほとんど間違いなかったわ」

私は嬉しかった。篠塚先生は、確かにヒステリーはおこすけれど、生徒がいい点数をとるととても率直に褒めてくれる。

「ちょっと計算が遅いけどね、焦らずミスをなくせばもっといい点数がとれるわよ」

「ありがとうございます！」

篠塚先生はあんまり生徒から感謝されることがないので、私が嬉しそうにお礼を言うと、「真面目なのはいいことなのよお」と機嫌が良さそうだった。

私は家ではほとんど肯定されたことがないので、褒め言葉に飢えている。たとえヒステリックな先生の気まぐれでも、褒めてもらえると胸の中が熱くなって、なぜか泣きそうになった。

もっと勉強を頑張って、大人にとって都合がいい子供になりたい。

そうしたら、出来損ないでも、あの家から捨てられることはないだろう。

私は野人ではないから、あの家から見捨てられたら飢え死にするしかない。

「私、もっとがんばります！」

私の勢いに、篠塚先生は少し引いたような顔をして、「うん、まあそうね、がんばるのはいいことね」と言った。

先生は、

「気を付けてね」

　と手を振って帰っていった。

　篠塚先生は、陰では皆から、ババアのブスの行き遅れと言われている。体育の秋本先生のことが好きだと噂があるが、相手にされるわけがないと馬鹿にされている。

　大人も大変だな。大人は子供を裁くけれど、私からすると大人も裁かれている。先生は社会の駒としてはきちんと動いているけれど、社会のための生殖器としてはうまく働いてないのだろう。

　先生は私を育てて支配する立場であると同時に、世界の道具として裁かれている。でも、自分でご飯を自分に買ってあげられるようになったら、少なくとも誰かに捨てられる心配をする必要はない。

　私は自転車をこいで家に向かった。鞄の中には塾で新しくもらったプリントがある。はやくこれをやって、もっと勉強して、世界の部品に近付きたかった。


　私は部屋の中でカレンダーを眺めていた。

　今日で夏休みが終わる。カレンダーには、

「あと３４７日」

　と書かれている。

　お盆の迎え火の日からまだ18日しか経っていない。由宇に会えるまで、３４７日だ。

　恋は私を支えてくれている。由宇と恋のことを考えると、麻酔にかかったみたいに痛みを感じなくなる。

由宇ではなく私が宇宙人だったらよかったのに、と思う。

家に寄生して生きているという意味では、由宇も私も同じなのに、私は宇宙人ですらない。

私は机に向かって勉強をはじめた。早く、自分のごはんを自分で買えるようになりたい。そのためならいくらでも世界に従う。

リビングにいくと、母は疲れ切った様子だった。

「お母さん、今日の晩御飯は私が作ろうか？」

母がこちらを振り向かずに答えた。

「いいわよ。余計なことしないで」

「でも疲れてるみたいだし、カレーくらいなら調理実習で……」

「いいから、あんたがでしゃばってくるとかえって手間がかかるんだから。大人しくしていて」

私は頷いた。差し出がましい真似をしてしまった。確かに私は出来損ないなので、家族にとってプラスのことをしようなどとはおこがましいのだろう。マイナスにならないように、ゼロでいるのがわたしにできる精いっぱいだった。

「あんたはいつもそう、ろくなことできないくせに口ばっかり達者で」

「そうだね」

母は苛々すると私を叱る。だから、きっと私の為に私を叱ってくれているわけではなく、母にはサンドバッグが必要なのだろう。手ではなく言葉で殴ることで母は安定する。

母はパートもしているし、姉と私を産んで生殖器としての役割も果たしている。そういう立派な人は、きっと疲れているのだ。

「あんたには家族みんな我慢してるんだからね」

吐き捨てるように母が言い、そうなんだろうなあ、と思う。

私は拳をぎゅっと握りしめた。これも最近覚えた魔法だ。親指を握ると、手の中に暗闇ができる。上手くすると、手の中の暗闇を、真っ暗な、宇宙に近い色にすることができる。

私は手の中の宇宙を見るのが好きだった。もっと上手になったら、来年の夏、由宇に見せてあげよう。

「なにをにやにやしてるのよ、気持ちがわるい!」

母が怒鳴った。

私は部屋に戻った。ゴミ箱の時間だ。早く、もっと、世界にとって邪魔じゃない、便利な道具になれますように。たくさん魔法を覚えたら、私でも少しは世界の役に立つようになれるだろうか。

コンパクトをひらいて、鏡の中の自分を見つめた。集中していると、少しだけ変身したような気がする。

急に無敵になった感じがして、私は立ち上がり、机に向かって一心不乱に勉強を始めた。

魔法のせいか、どんどん宿題が終わっていく。シャープペンシルを握った自分の掌の中がきらきら光っているように感じられた。


六年生になり、夏がどんどん近づいてくる。カレンダーに書き込んだ、由宇にあえる日までのカウントダウンの数字は、ついに二けたになった。もうすぐ由宇に会えると思うと気持ちが高まった。

私は姉に頼まれた買い物をしに、母のパート先の薬局へ行った。姉のものもらいの目薬を探していると、奥に母の姿を見つけた。母は薬剤師などの資格は持っていないので、品出しなどをしている。

目薬の場所を聞こうかと母に向かって歩き出そうとした瞬間、レジの中にいた若いお姉さんのアルバイトが、「笹本さん、そっちいいんで、シャンプーのほうやってくださーい」と叫んだ。

母は顔をしかめ、苛々した様子で店の奥へと入っていった。

「クラッシュボンバー笹本、まじでうざい」

レジの中のお姉さんが低い声でいい、一瞬、自分のことかとびくっとした。

「ほんと、あの人いっつも苛々してるよね。すぐ爆発する。ほんと鬱陶しい」

と、もう一台のレジのお金を数えているお姉さんがため息をついた。

そうか、母はクラッシュボンバー笹本なのか。

姉はクロマニョン人で、母はクラッシュボンバー笹本なのは、やっぱり親子の血なのだろうか。

確かに、働いている母は情緒が不安定に見えた。

私は目薬を買うのをやめて、いそいで店の外に出た。振り向くと、不機嫌さを露わにした母が、店の奥から出てきたところだった。その姿は確かに今にも破裂しそうに見えた。

塾の授業が終わり帰ろうとしたとき、先生に呼び止められた。

伊賀崎先生に声をかけられるのは久しぶりだった。六年生になってからほとんど二人で話す機会はなくなり、やっぱり勘違いだったのかと、自意識過剰を恥ずかしく思っていたのだった。

私は「はい」と頷いて先生についていった。

先生は空き教室に行き、

「これなんだけど」

と机の上に何かを出した。

白く小さな包みだった。

最初は何か気が付かなかった。近づいて見て、ティッシュに血がついているのが見え、それが生理用ナプキンだと気が付いた。

そのナプキンのピンク色の羽根には見覚えがあった。

「これはね、さっき奈月ちゃんがトイレで捨てたものだよ」

私は声を出すことが出来なかった。

私は確かに今生理だった。授業の休み時間に、女子トイレに行き、三角コーナーに捨てたはずだ。先生はどうやってそれが私のものだと見分けて持って来たのだろう。

「奈月ちゃん、僕は塾の先生だから、生徒にこういうことを教えるのも仕事なんだよ。奈月ちゃんの捨て方はよくないな。ほら、ここに少し血が滲んじゃってるよね？　もっときれいに巻かないとだめだよ、先生がお手本を見せてあげるから」

先生は机の上に置いてあったティッシュペーパーで私の生理用品を包んだ。

「ほら、こうしたら綺麗で、お掃除する人も気持ちがいいよね？」

「はい……」

「じゃあ、やってごらん」

「え？」

先生はいつもどおり、優しく微笑んだままこちらを見ていた。

「今やってごらん？　先生が見ていてあげるから」

「今……ですか？」

「うん、そのポーチの中に新しいのがあるよね。それと、今つけているのを取り替えてごらん？」

「…………」

私は言葉を失って立ち尽くしていた。それをみて先生がさらに促した。

「授業でもいつも言ってるよね？　何か新しいことを勉強したらすぐに復習すること。これも同じだよ。先生は何か変なこと言ってる？」

「いえ……」

「ほら、早くしないと夜の部が始まって、中学生がきちゃうよ」

急かされて、わたしはのろのろと鞄の中からポーチをとった。

スカートをめくって、せめて見えないようにと用心しながら下着を下ろす。生理用の、ベージュの下着だった。

震える指で下着からナプキンをはがし、先生の前にあるティッシュにつつむ。新しいナプキンを下着につけた。

「そう、よくできたねえ」

先生に頭を撫でられそうになり、思わず身体を固くした。

私は取り替えたナプキンをポーチの中にねじ込み、

「ありがとうございました」

と先生の手を避けるように頭を下げた。

「うん、奈月ちゃんは素直でいい子だよね。そういう子が勉強もできるようになるから。先生のいうことをちゃんと聞くんだよ」

「はい」

「じゃあ、また来週ね。算数のプリント、少し難しいけれど、わからなかったらいつでも相談してくれていいからね」

私は頷き、教室を飛び出した。


魔法、魔法、魔法を使わなくては。暗闇の魔法、風の魔法、何でもいいから魔法を使わなくては。私の心が何かを感じる前に、全身に魔法をかけてしまわなくては。

私は家に飛び込み、手を洗った。

足の間でつけたばかりのナプキンがくしゃりと捩れる。身体からどんどん血が出ている。そのことも、先生に見張られている感じがした。

「どうしたの、ただいまも言わずに」

母がこちらにきた。何といっていいかわからず、言葉を飲み込んだ。

「あらあんた、膝に痣があるわよ。自転車でどこかにぶつけたんじゃないの？」

母がめずらしく優しい声を出し、気遣わしげに身をかがめた。

私はもしかして今なら、と思った。

魔法、魔法、勇気が出る魔法。心の中で呪文を唱える。

私は震える唇を開いた。

「お母さん、あのね、先生が……」

「先生がどうかしたの？」

「塾の伊賀崎先生が、変なの……前からなんだけど、今日はすごく変で……」

「変って、なにが」

「あのね、前にも姿勢を直すっていって身体をさわったり……あと、今日はナプキンの使い方について叱られたり……」

母は眉間に皺を寄せ、みるみる機嫌が悪くなった。

「それが何？　あんたがだめだから叱られてるだけじゃないの」

「そうじゃなくて、変なの。おかしいの。なんだか……普通じゃなくて、あの、姿勢を直されたときも、背骨だけじゃなくて、胸も触られた、ような気がするの」

先生が変なときいつも纏っている「空気」を、どうしても口では上手く説明できなかった。

「あんたはいつも姿勢が悪いわよ。私だっていつも注意してるでしょ。先生に叱られたのに、あんたはスケベなこと考えてたなんて、信じられないわ。どういう神経してるの」

「ちがう、ぜったいに変だったの」

「そんなわけないでしょ。あんたみたいな未熟な身体の子、先生がそんな目で見るわけないでしょうが。あんたがいやらしいからそんな風に思うだけよ。汚らわしいのはあんたじゃないの、まったく」

母が吐き捨てるように言い、呼応するように私からは言葉が出なくなった。

「どこでそんなこと覚えてきたのかしらねえ、気持ちが悪い子！　そんなこと考えている暇があったら勉強しなさい！」

一瞬、何が自分の頭の上ではじけたのかわからなかった。スリッパを手にした母が私を睨みつけていた。

「返事は！」

「はい、わかりました」

母がこれほど本気で私を殴るのは初めてのことだった。私は自分の心のスイッチが、かちりと切れるのを感じた。心は何も感じなくなり、麻酔にかかったように、痛みがなくなった。

「この前のテストだってひどい成績だったじゃないの。ほら、この頭の中は空っぽなのか、お前の頭の中は！　ほら！　ほら！」

母がスリッパで私の頭を叩く。

「はい、わかりました。ごめんなさい」

私の口は、母に求められた言葉だけを呪文のように繰り返した。

はい、わかりました。ごめんなさい。はい、わかりました。ごめんなさい。はい、わかりました。ごめんなさい。はい、わかりました。ごめんなさい。はい、わかりました。ごめんなさい。はい、わかりました。ごめんなさい。はい、わかりました。ごめんなさい。はい、わかりました。ごめんなさい。はい、わかりました。ごめんなさい。はい、

わかりました。ごめんなさい。はい、わかりました。ごめんなさい。はい、わかりました。ごめんなさい。はい、わかりました。ごめんなさい。はい、わかりました。ごめんなさい。はい、わかりました。ごめんなさい。はい、わかりました。ごめんなさい。はい、わかりました。ごめんなさい。はい、わかりました。ごめんなさい。

だから私を捨てないでください。なんでもいうことを聞いて従うから私を捨てないでください。大人に捨てられたら子供は死ぬ。だから私を殺さないでください。

うわ言のように、呪文のように、呪いのように、惨めに追いすがる言葉が私の口から転げ落ちていく。

生きるために魔法を使わなくては。からっぽになって従わなくては。

足元の鞄の中には塾の宿題がぎっしり入っている。そうだ、はやく勉強しなくては。いっぱい勉強して、大人が喜ぶ子供になって、いつか大人が喜ぶ大人にならなくては。

母は興奮してきたのか、スリッパで私の顔を、頭を、首を、背中を叩き続ける。心のスイッチが切れているから、私は何も感じない。息を止めて、時間が過ぎるのを待っている。自分を殻にとじこめて土の中のタイムカプセルのようにじっと堪え、命をかろうじて未来へと運んでいる。どれだけ先の未来まで命を運んだら、私は生き延びることができるのだろう。

③　なにがあってもいきのびること。

由宇との誓いが、身体の中に焼き付いている。

私はいつまで生き延びればいいのだろう。いつか、生き延びなくても生きていられるようになるのだろうか。

母をみていても、篠塚先生をみていても、どうしてもそんなふうには思えない。永遠に生き延び続けなければいけないない気がして気が遠くなる。

それでも、早く工場の一部にならなくては。世界に栽培されるままに脳を発達させて身体を成長させなくては。そのために今は息をひそめて、まずは母の興奮がおさまるであろう数時間後の未来まで、自分の命を守り続けている。


学校から帰ると、私は静ちゃんと遊びにいくといって家を出た。

この街は微かに光っていて、宇宙が遠い。

もうすぐ夏休み。由宇に会えるまで、あと30日だ。

私はテレホンカードを使って由宇に電話をした。美津子おばさんがでたらすぐに切るつもりだった。

『はい、もしもし、笹本です』

由宇の声だった。

「由宇、由宇、わたしだよ」

『奈月ちゃん？』

由宇は驚いたみたいで、声がひっくりかえった。

「由宇、あのね、この前、由宇の星の宇宙人がうちにきたんだよ」

私は受話器を握りしめた。

「ピュートがね、この前、やっと呪いがとけて人間の言葉を喋ったんだよ。それでポハピピンポボピア星の人を私の部屋に呼んでくれたの。夜中にね、こっそりだよ」

受話器の向こうではごそごそと由宇の気配がするだけだった。私は夢中で喋りつづけた。

「それでね、由宇の宇宙船、やっぱり秋級にあるんだって。この前探したのは、山の上のほうだったでしょ？　あのね、そっちじゃなくて、小さな神社があるって前におじさんが言ってたの覚えてる？　私も行ったことないけど、あっちにあるんだって。だから今年の夏、宇宙船、探しにいこう」

『奈月ちゃん、落ち着いて、どうしたの？　誰がそれを言ったの？』

「だからね、宇宙人がきて、それでその人はすぐに帰らなければいけないんだけれど由宇と同じ星の出身で、由宇のこと知ってるんだって。だから由宇に早く知らせなきゃって。それでね、宇宙船は二人まで乗れるんだって。だから私のこと連れて行くことができるんだって」

由宇は少し深呼吸したあと、

『……そうなんだね、びっくりして聞き返しちゃってごめんね。すごいな。そうしたら今年の夏には僕たち、故郷に帰れるね』

と言った。

自分が話していることの、どこまでが真実なのかわからなかった。ほんとうに宇宙人が来た気がするし、全部嘘なような気もする。嘘だったら由宇をがっかりさせてしまう。けれど止まらなかった。

「うん、だから一学期の終業式の日に、学校のお友達とは最後のお別れをしてね。私たち、一緒に帰るんだから」

『そうだね。奈月ちゃんも、ちゃんと仲良しのお友達とお別れして、荷造りしてきてね。宇宙船の中はたぶん狭いから、ゲームとかあった方がいいかも』

「そんなのいらないよ。由宇とお喋りしていたら退屈しないもん」

空が薄墨のような淡い黒に染まっている。秋級とは違う明るい夜は、私のことを隠してくれない。早くお盆になって、早く、あの真っ黒な夜に辿りつきたい。秋級の暗闇が恋しくて、私は目を閉じた。目の中で、星空のような光がちかちかと瞬いた。


夏休みに入り、私は高揚していた。

お盆まであと一週間だった。

小学校の校庭で、いつもこの時期に町内会の夏祭りがある。私は風鈴の柄の浴衣を着て静ちゃんと待ち合わせ、会場へ向かった。静ちゃんは去年一緒に選んだ金魚の浴衣を着ていた。

かき氷を食べていた静ちゃんがはしゃいだ声をあげた。

「伊賀崎先生だ」

私ははっとして、綿あめのついた割り箸を握った。

「ねえ、伊賀崎先生に挨拶しようよ」

「待って。あっちはやめよう。リカちゃんがいるの見えたもん。静ちゃん、リカちゃんとケンカしてるでしょ。こっちに逃げよう」

私は急いで反対側へ歩いた。「待ってよお」と静ちゃんが追いかけてくる。

かき氷でお腹が冷えたと言ってトイレに行った静ちゃんを、私は体育館の壁に寄りかかって待っていた。

なかなか出て来ないなと思っていると、急に手首を摑まれた。

「奈月ちゃん、こんばんは」

私は悲鳴を堪えて大人しく会釈をした。

「……伊賀崎先生、こんばんは……」

伊賀崎先生は白粉でも塗っているように青白く、その手は汗で粘ついていた。静ちゃんがかっこいいと騒ぐ人形じみた整った顔に鳥肌が立ち、思わず浴衣の胸元を隠した。

「静ちゃんならもうトイレから出て、今は僕の家にいるよ」

「えっ……」

「静ちゃん、トイレに並んでいる間に貧血をおこしたんだよ。僕の家はすぐそこだから、今はそこで休んでるんだ」

「そうなんですか……？」

そういえば、静ちゃんは今日は生理だと言っていた。まさか、静ちゃんもナプキンの替え方を教えられているのだろうか。

ぞっとして、すぐにそばにいかなければと思った。私は魔法少女なのだ。困っている友達を魔法の力で救わなくてはならない。

「ほら奈月ちゃん、早く」

先生に強く引っ張られながら、ポシェットの中のピュートを握りしめた。心の中で、呪文を唱える。

魔法があれば私は無敵になれる。静ちゃんを助けにいくんだ。

私は何度も自分に言いきかせた。ピュートはじっと私を見守ってくれていた。


先生の家につき、私は「どうぞ、奈月ちゃん」と先生に明るく招き入れられた。

先生のご両親は夏の間仕事で海外出張中で、家には先生一人だと聞いていた。

「静ちゃんはどこですか？」

「ああ、静ちゃんはね、もう元気になったから先に帰ったよ」

「そうですか……」

先生が当たり前に言うので、勘違いした自分が恥ずかしくなった。嘘をつかれたのでは、とも思ったが、先生はそれにしては堂々としていて、少しのやましさもなさそうだった。

「奈月ちゃんは、お友達思いのいい子だね。紅茶は好きかな？　苺の味がする美味しい紅茶があるから、ソファに座って待っていてね」

私は黙ってソファに座り、テーブルの上のチョコレートを見つめていた。大きなチョコレートの箱は、一個も減っていなくて、静ちゃんも遠慮して食べなかったのかもしれないと思った。

「今日はね、先生の家でお勉強をしようと思うんだよ」

先生が出してくれた紅茶は、苺の匂いがして甘かった。

「奈月ちゃんは、『ごっくんこ』ってわかるかな？」

「ごっく……？　何ですか？」

「『ごっくんこ』だよ。知らないんだね。それはいけないな。大人になったら、みんなこれをしないといけないんだよ。今日は特別に、先生が教えてあげるからね」

先生の言い方は優しくて、授業中の先生とあまり変わらなかった。それなのに、なぜだかとても怖かった。変な風に警戒してしまうのは、母が私に言ったみたいに、私がいやらしいからそう思ってしまうだけなのかもしれない。目の前の快活な先生を怖く思ってしまう自分が、自意識過剰で恥ずかしいと思った。

「今日はね、塾の日じゃないけど、特別に授業をしてあげるね。ほかの子にはいっちゃだめだよ？　奈月ちゃんだけの特別な授業だからね」

「はい……」

先生は立ち上がって、ソファの隣に座った。

ぞわりと鳥肌が立ったが、黙っていた。少し「へん」だと感じるとき、先生はとても優しいけれど、気に障ることをしたら何をされるかわからないような気がしていた。

先生はチョコレートが乗ったテーブルを足でどけて、私の背中を撫でた。

「それじゃあね、ソファと向き合って、こっちを向いてカーペットの上で正座をして。ああ、そんなに遠くじゃなくて、先生の膝と膝の間にくるんだよ」

「あの……」

先生はため息をついた。

「奈月ちゃん。あんまりやる気がないと、先生も怒るよ？　奈月ちゃんが勉強をしたいっていうから、塾の時間じゃないのに僕がわざわざ教えてあげているんだよ。ちゃんと勉強しないと駄目じゃないか」

「はい、ごめんなさい」

私は勉強をしたいだなんて言っただろうか。でも先生がこんなに怒っているのだから、何かの拍子に言ったことがあったのかもしれない。

私はこれ以上先生を怒らせるのが怖くなり、大人しく従った。

「じゃあ、そのまま目を閉じて、口を開いて。歯はぜったい立てたりしないように開くんだよ」

私は怖くて一センチくらいしか口を開けなかったが、先生の太い指で、歯医者さんに行ったときと同じくらい大きく開かされた。

先生の指は私の口を開いたあと、首にまわされた。

「いい？　きちんと素直に『お勉強』しないとだめだよ。真面目にお勉強しないと、先生、怒るかもしれないよ？　先生のこと、怒らせたくないよね？　奈月ちゃんは、真面目な生徒だもんね？」

私は口を開けたまま、必死に頷いた。

大人に逆らったら殺される。大人に捨てられたら私たちは死んでしまう。

③　なにがあってもいきのびること。

由宇と誓った言葉が、今は呪いのように、身体中に巻き付いていた。

ぬるりとした温かいものが口の中に入ってきた。

微かな苦みと生臭さが広がった。私は歯を必死でかくした。先生の教えに背いてうっかり歯を見せてしまったら何をされるかわからないと思った。先生の太い指は、私の首にかかったままだった。

先生が何をしているのか、強く目を瞑っている私にはよくわからなかった。薄く目をあけると、先生はソファからお尻を浮かせて私に股を近づけ、見たことのない変な動きをしていた。怖くなり、また強く目を閉じた。

先生はとても激しく深呼吸していて、先生の口から出てくる生ぬるい風が、私の顔や、あたまのてっぺんに絡みついた。

突然、何かあたたかい液体が口の中に広がった。まさかおしっこなのではないかと、吐き出したかったが、いつの間にか首にかけられていた手が後頭部に移動していて、がっしり押さえつけられており、自分で動くことができなかった。

何とか身をよじって顔を背け、口に入ってきたものを吐き出した。床に飛び散ったのはおしっこでも血でもない、ヨーグルトみたいな変なものだった。

「奈月ちゃん、ちゃんと『ごっくんこ』しないとだめだよ。ほら」

先生は再び私の後頭部をつかんだ。その瞬間、視界がぐにゃりと歪んだ。

気が付くと、私は幽体離脱して、先生に頭を押さえつけられている自分を天井のあたりから見下ろしていた。

あれ、私、魔法を使ったのかな、と思った。コンパクトもステッキも使っていないのに不思議だった。

こんなにすごい魔法が起きているというのに、なぜか何の感動もなく、私は黙って自分の肉体を眺めていた。

先生が私の頭蓋骨を押さえて私の頭を道具にしているのを見て、なんとなく腑に落ちた。私は自分のことを、まだ「工場」の一員になっていないと思っていたけれど、私はもう道具だったのだ。

先生が、幽体離脱してからっぽになった私の身体に話しかけている。

「この『お勉強』はね、何度も何度もしないとだめなんだよ。夏の間、この家には先生しかいないんだ。だから奈月ちゃんにだけ、特別に夏期講習をしてあげるね」

「はい」

私の中身は幽体離脱してここにいるのに、身体は声を出して頷いていた。私は宙に浮いたまま、ぼんやりと先生と向き合っている自分を眺めていた。

「先生は奈月ちゃんに『お勉強』を教えてあげてるんだよ。わかるよね？　このことは誰にも言っちゃだめだよ。先生はみんなの先生だから、一人だけえこひいきをして特別に授業をしてあげたことがわかったら、みんなから叱られちゃうんだ。そのときは、奈月ちゃんも叱られるんだよ？　先生より奈月ちゃんのほうがずっと叱られるよ。だって、奈月ちゃんが先生に無理やり『お勉強』をしたいってお願いしたんだものね。そうだよね？」

「はい」

「また『お勉強』をしに家にこないとだめだよ。来週の月曜日、またここに来られるよね？」

「はい」

来週はお盆だ。東京にはいない。でも私の肉体は頷いている。頷いている私を、幽体離脱した私は天井からずっと見つめている。


私はそのまま家に帰った。家に向かって歩いている自分を、浮遊して見つめていた。いつになったら肉体の中に戻れるのかわからなかった。何も考えられず、ただ見ていることしかできなかった。

母がなにか言っているのが見えた。あんたまた迷子になったんでしょう、と呆れている様子だった。私はとても眠くて、母に返事をせずベッドへ向かった。私は幽体離脱をしたまま、きちんと浴衣を脱いでパジャマに着替えて眠り始める自分を見守っていた。私の肉体ががくんと枕にほっぺたをくっつけて眠りに落ちた瞬間、宙に浮いている私の意識も途切れた。


ひたすら眠りつづけて目が覚めると、私の意識は私の身体の中に戻っていた。

突然、お風呂に入りたくてたまらなくなり、吐き気とともに起き上がった。

急いで二階のトイレに駆け込んだが、胃はからっぽで何も出なかった。

私は部屋に戻って、不思議に思いながら見まわした。昨日、宙に浮かんで見ていた通り、浴衣も帯もきちんとたたまれていて、パジャマのボタンも全部留められていた。

喉が渇いていて、私は出店でペットボトルのオレンジジュースを買ったことを思い出し、ポシェットの中から取り出した。

ぬるくなっているそれを口に流し込んだ瞬間、違和感に気が付いた。

何の味もしなかった。ジュースが腐っているのかもと思ったが、匂いを嗅ぐとオレンジの甘い匂いしかしなかった。

不思議に思いながら、とにかく歯磨きをしてお風呂に入りたくて、着替えを持って一階に降りた。

昨日、ろくに返事をしなかったから母は怒っているかもしれない。はぐれたままになってしまった静ちゃんはどうしているだろう、と思ったが全身が気持ち悪く、そっと音をたてずに風呂場へ向かおうとした。そのとき、リビングから話し声が聞こえた。

姉が父に、

「今年は長野なんか行きたくない。海外旅行に行きたい」

と駄々をこねているのだった。

「お姉ちゃんはいろいろがんばってるもんね。そうよね、海外は無理だけれど、今からでも温泉くらいなら行けるかもねえ。私もそっちのほうがいいわあ。毎年行ってるんだから今年くらいいいわよね」

「そうだなあ」

父が曖昧に笑ったところへ、私はとびこんでいた。

「いやだあああああああ！」

私は叫んだ。

「お盆はおばあちゃんちに行くんだ！　秋級に行くんだ！　いやだああああああああああ！」

母が怒鳴った。けれど私は止まらなかった。

「我儘いわないの！」

「どうしてそんなに我儘なの、あんたは！」

母が私の頭を叩いた。

幽体離脱、幽体離脱の魔法を使わないと。

あれを使えば、また何も感じなくてよくなる。

「まったく、本当に自分のことしか考えられないんだから！　昨日だって、迷子になったと思ったら呑気に帰ってきて眠りこけて……本当に出来損ないよ、あんたは！」

母が私の背中を蹴っている。姉とそっくりな姿勢で蹴っている。

いくら呪文を唱えても、今日は身体の中を出ることができない。

私の身体を、母が足の裏で何度も揺さぶり続けた。

泣きじゃくった私は、そのまま自分の部屋へと引きずられていった。

「静かになるまで、部屋から出さないからね」

母はそう言い捨てて、階段を降りていった。

私は引き出しの中にしまっていたピュートを取り出し、抱きしめて蹲っていた。

どうかまた幽体離脱の魔法を使って、由宇のところへ行けますように。

お腹はすかず、私は一日中部屋で呪文を唱え続けていた。

夜になり、私は左手の薬指に、針金の指輪をつけてベッドに潜った。強く目を閉じて暗闇を作ろうとしたが、瞼の裏側に、星は一つもなかった。私は自分の皮膚の裏側を見つめながら眠った。

翌朝揺さぶられて薄く目を開けると、ベッドの横に黒い服を着た母が立っていた。

「すぐ準備しなさい。長野に行くから」

「え……なんで？」

「おじいちゃんが亡くなったのよ。前から少し調子は悪かったけどね、まさかこんな急に亡くなるなんて」

私は白魔術ではなく黒魔術を使ってしまったのかもしれない。

どうしても、どんな手を使っても、由宇に会いたいという願いを、私の魔法が叶えてしまったのかもしれない。

布団の上で呆然と、そう思った。

「お姉ちゃんは制服でいいけれど、あんたはちゃんとした黒い服あったかしらねえ……ああ、あのワンピースでいいわ。とにかく、急いで準備して、一時間後には車が出るから」

私は頷くので精いっぱいだった。


おばあちゃんの家の玄関に入ると、いつもの夏とはまったく様子の違う光景が広がっていた。

「お仏壇の部屋」には見たことのない大きな提灯がたくさん見えた。居間でくつろいでいる人はだれもおらず、皆、黒い服を着て忙しく行き来していた。

「荷物を二階に置いたらな、おじいちゃんに挨拶するから」

父が言った。いつもおどおどと姉や母に振り回されている父だが、今日は堂々とした態度だった。おじいちゃんに挨拶、と言われて、もしかしておじいちゃんは具合が悪いだけでまだ生きているのかもしれない、と思ったが、父になんと聞いていいのかわからなかった。

「お仏壇の部屋」に、おじいちゃんは寝ていた。みたことがないほどふかふかした真っ白な布団に横たわっていた。微かに、おじいちゃんからいつもしている匂いが漂っている気がした。

おじいちゃんの枕元には、黒い服に身を包んだおばあちゃんが涙ぐんで座っていた。

「貴世ちゃん、奈月ちゃん、挨拶してやってくれや」

私は「はい」とか細い声で言った。姉はむっつりと黙っていた。

「いいか、驚くかもしれないけどな、お前たちももう大きいからいいだろう。こっちへおいで。挨拶してやってくれ」

父は私たちを呼び寄せ、そっとおじいちゃんの顔にかかっている布を捲った。おじいちゃんは、鼻に綿をつめて、いつもどおりの顔で目を閉じていた。少し青ざめて見えたけれど、すぐに起きだしてきそうに見えた。

「ねえ、綺麗でしょう。少し笑ってるみたいねえ」

おばあちゃんの肩を抱いたなつこおばさんがハンカチで目元を拭きながら言った。

「……眠ってるみたいだね」

小さな声で私が言うと、父がこちらを見て頷いた。

「ちょっと急だけどな、大往生だったからな」

「大往生ってなに？」

「安らかに死んだってことだよ。天寿を全うしたってことでもあるな。少し前から入院していたけどな、そんなに苦しまず、眠っている間に死んだからな。だから優しい顔してるだろう」

「うん」

私は父に言った。

「手に少しだけさわってもいい？」

「おお、いいぞ」

私はおじいちゃんの手を握った。それはひんやりとしていて、人ではなくモノになっていた。

「……なんだか怖い」

ずっと黙っていた姉が口を開いた。

「どうした、貴世、大往生っていうのはな、いいことなんだぞ。さ、後が待ってるからな、もう行こう」

振り向くと、後ろで制服姿のユリちゃんと黒いワンピースを着たアミちゃんが涙ぐんで並んでいた。


玄関に行くと、美津子おばさんと一緒に、黒い長袖のブレザーを着た由宇がいた。

目を合わせると、由宇は少し心配そうに私の顔をのぞきこんだ。

おばさんは玄関でもう涙をぼろぼろ流していて、由宇にしがみついていた。

「大丈夫？　美津子さん」

由宇はまるで夫のように、おばさんの背中を撫でていた。

「今夜、お通夜をやってな、明日には葬式だからな」

父がいい、「本当に急だわねえ」と母が溜息をついた。

「夜までまだ少し時間があるな。疲れただろ、少し休むか？」

姉が「気持ちが悪い」と言い、制服のまま横たわった。

「あんたも少し寝る？」

母の言葉に、私は首を横に振った。

爛々として、目が冴えきっていた。おじいちゃんの手の感触が、まだ指先に残っていた。


黒い上着を着た由宇が庭にいるのが見えた。

私はざわめく家の中をそっととすり抜けて、由宇の側へ行った。

「由宇」

声をかけると、由宇が振り向いた。

「奈月ちゃん、大丈夫？」

由宇は少しだけ手足が伸びて、そのぶん顔が縮んだみたいだった。それでも私より小さくて、人形のようだった。

「何してるの？」

「庭の花を摘んでるんだ。おじいちゃん、土葬なんだって。聞いた？」

私は首を振った。

「知らない。なに、それ？」

「燃やされるんじゃなくて、土に埋められるんだよ」

「えっ、そうなんだ」

よくテレビのサスペンスドラマなどでみるお葬式では、焼いて骨になった人を皆でお箸で拾ったりしていた気がする。漠然と、これからそういったことをするのだろうと思っていた私には、この先の儀式の想像ができなくなった。

「それまでおじいちゃんが寂しいから、花壇のお花をあげていいっておばあちゃんに言われたんだ」

「私も一緒に摘む」

「鋏を持ってこなくていい？」

「由宇、お願いがあるの」

俯いたまま私は言った。

「由宇にもう会えなくなるかもしれない」

「えっ!?」

由宇は驚いてこちらを見た。

「何かあったの？　遠くに引っ越すの？」

「あのね、もうすぐ、私、ここに来られなくなるの」

小さな声で告げた私を、由宇はわけがわからない、という表情で見つめた。

「由宇、宇宙船、見つかった？」

少しの間を置いて、由宇は首を横に振った。

「ううん。来る途中、神社に寄ったけど、どこにもなかった」

「それじゃあ、きっと間に合わない。由宇、由宇と私は夫婦だよね。私、どうしても時間がないの。お願い、由宇、私とセックスをしてほしいの」

「えっ」

由宇の声がひっくりかえった。私はかまわず続けた。

「お願い。一生のお願い。私の身体が私のものじゃなくなる前に、どうしても由宇と身体も結婚したいの」

声が震えてしまった。由宇は呆然としているみたいだった。

「それって、大人がすることでしょ。僕たちには無理だよ」

「……由宇は、自分の命が自分のものじゃないって思ったことある？」

由宇は一瞬言葉に詰まり、小さな声で言った。

「子供の命は自分のものじゃないよ。大人が握ってる。お母さんに捨てられたらご飯が食べられないし、大人の手を借りないとどこにも行けない。子供はみんなそうだよ」

由宇は花壇の花に手を伸ばした。

「だから大人になるまで、がんばって、僕たちは生き延びるんだ」

ひまわりの茎が、由宇の鋏で切られた。死体になったひまわりが、由宇にしなだれかかった。

それを抱き留めている由宇に、私は呟いた。

「あのね、私、もしかしたら殺されるかもしれないの。だから死ぬ前に、由宇と結婚したいの。

子供の約束じゃなくて、本当の結婚がしたいの」

由宇は驚いてこちらをみた。

「……どうしたの？　誰が奈月ちゃんを殺すの？」

「大人の男の人。誰も逆らえない」

「誰か……助けてくれる人はいないの？」

「子供じゃかなわない、力が強い人。大人は自分が生きるので精いっぱいだから、子供なんか助けてくれないよ。由宇だってわかるでしょ」

黙ってしまった由宇の腕から、ひまわりの花びらが落ちた。

私は顔をあげて、「由宇、あれ、食べられるかな」と言った。

「え、なに？」

「そっちの、奥のひまわり。もう枯れてる。種、とれるかな」

黒く枯れたひまわりを指差した。

おばあちゃんは、夏がおわるとひまわりの種を送ってきてくれる。私も秋になると家の庭でひまわりの種を食べることがよくあった。

私は立ち上がり、手を伸ばして黒く垂れ下がったひまわりの顔をまさぐった。小さな種が、手の中にこぼれおちた。

「これ、おばあちゃんが送ってくれるのと同じやつ？」

こわごわと由宇がのぞきこむ。

「たぶん。由宇、ひまわりの種、とったことないの？」

「ないよ」

私は手の中の種を口に運んだ。

「まだすこし、生っぽい」

私の口は味を感じないままだった。いつもひまわりの種を食べたときに感じる香ばしさが、どこにも見つからない。食感だけは伝わってくるので、種が乾いていないことはわかった。由宇もためらいながら、小さな口に種を押し込んだ。

「美味しくないね」

「もっとカラカラにならないとだめなんだよ」

自分で食べたくせに、私は偉そうに由宇に言った。

もぞもぞと口を動かしながら、由宇が言った。

「……奈月ちゃん。僕は、奈月ちゃんの夫だから、何でもするよ。本当にそれがしたいの？　そうしたら奈月ちゃんは救われる？」

「……うん」

よくわからない、というふうに首をかしげながらも、由宇は、

「いいよ」

と言った。

「ほんと？　無理してない？」

「うん。僕、夫としてできることはなんでもするよ」

由宇は少し笑った。私は自分よりまだ小さい由宇を見下ろしながら言った。

「由宇、私も由宇の伴侶として、できることは何でもするからね。由宇のこと守るからね」

「伴侶って、なに？」

「由宇、そんなのも知らないの。……ええと、相棒みたいな、だから……家族ってことだよ」

辞書があればすぐ引くのに、と思いながら私が言うと、由宇が嬉しそうに笑った。

「そっか。僕たち、夫婦だもんね。家族なんだ」

「そうだよ」

私と由宇は、ひまわりの花の陰でこっそりと手をつないだ。由宇の手は、女の子みたいに柔らかかった。


翌朝再び黒いワンピースを着て座敷へ行くと、そこにはお棺に入ったおじいちゃんがいた。いつもみんなで座布団を敷いてテーブルを囲んでご飯を食べていた部屋に、今日はお坊さんや喪服を着たおじさんとおばさんが並んで正座している。お坊さんがお経を唱え、皆で座ってそれを聞いた。お焼香が終わり、いよいよ出棺になった。

てるよしおじさんの指示で、血が近い人がこちらだとか、長男はあっちだとか、おじさんたちが動いて場所を決めた。

「由宇も運ぶか？」

声をかけられ、由宇が小さく頷いた。

「なら、由宇はこっちだな。ええと、陽太は由宇より血が近いからもっとこっちに寄れ」

「私も運ぶ」

私の言葉に、父は少し驚いた顔をした。

たかひろおじさんが困った表情になった。

「奈月ちゃんは女の子だからなあ……」

「じゃあ、手だけ添えるか。こっちへおいで」

てるよしおじさんに呼ばれて、私はお棺のうしろで、手をそっと添えた。

「よし、じゃあいくか」

縁側から靴を履いて、ぞろぞろと列になりお棺を運んだ。

後ろを見ると、姉と母が寄り添って歩いていた。おばあちゃんの後ろに、いとこやおばさんが列になっている。皆、黒い服を着ているから、蟻の行列みたいに感じられた。

いつもお盆に行くお墓までお棺を運んだ。そこには四角い穴があいていた。

「これ、誰が掘ったの」

昨日、お通夜で遅くまで忙しかったのに、おじさんたちが掘ったのだろうか。父に聞くと、

「村の人がみんなで掘ったんだよ」と教えてくれた。

穴にお棺を入れ、

「最後のお別れをするか」

と、てるよしおじさんが言った。

お棺をあけて、「よ、おやじ、じいさんになったなあ」とたかひろおじさんがしわがれた声でおどけた。

おばさんたちはおじいちゃんの顔を見つめて涙ぐんだ。

父は、黙ってお棺をのぞきこみ、

「夏だからすぐに腐るな」

とだけ言った。

お棺を閉めて、一人ずつスコップで土をかけていった。

これは重労働になるなと思っていると、

「じゃ、戻るか」

とおじさんが言うのでびっくりした。

「まだ埋まってないのにいいの」

父に囁くと、「あとは村の人がやってくれる」と父が言った。

そんなに何でもかんでもやってくれる村の人というのはどこから出てくるのか不思議だったが、
私は大人しく頷き、また列になって家へと向かった。

家へ戻ると、見覚えのない人たちがごちそうの準備をしていた。

この村にこんなに人がいるというのが驚きだった。

やがてしらない人がたくさんやってきて、延々と宴会が続いた。

「あっちの家のじいさんのときは土がなかなか落ちなくてなあ」

「そうそう、でも今見たらちゃんと落ちてたな」

てるよしおじさんが話している意味がわからず、父に、「土が落ちるって何?」と訊ねると、

「遺体を埋めたあと、土がこんもり山になるだろ。そのうち、棺が腐ってどっと土が落ちるんだよ」

と簡潔に教えてくれた。

大勢での宴会が終わり、少し場所を小さくして、近親者での宴会に移った。

「それじゃ、内輪で二次会だな」

と冗談めかしててるよしおじさんが言い、「はいはい」とおばさんがつまみを作りに台所へ行った。

「そろそろ数珠回しするか」

親戚だけになった夜の九時ごろ、数珠回しが始まった。

見たことがない長い数珠をみんなで輪になって持ち、念仏をとなえながら回していく。

それが終わると、皆、さすがに疲れたのかおばさんたちは寝る準備を始め、おじさんたちもこれ以上飲む気はないのかお茶を飲んでいた。

「あんたたちも疲れたでしょ。順番にお風呂に入っちゃいなさい」

おばさんに声をかけられ、いとこたちは「はあい」と返事をした。

時間がないからと、私は姉と一緒に風呂に入った。こんなことは久しぶりだったので、少し薄気味わるかった。

姉の身体は胸も尻も丸く、学校の教科書でみた土偶に似ていた。

私はなんだか怖くて、姉のことを見ないようにしながら身体を洗った。姉も目をそらしていた。

無言のまま風呂をあがり廊下に出ると、タオルを持った由宇が立っていた。

「お風呂あいたよ」

声をかけると、由宇が「ありがと」と頷いた。

姉はさっさと二階にあがってしまった。私も、居間でお茶を飲んでいる大人たちに「おやすみなさい」と告げると、二階にあがった。

いとこや姉の寝息が聞こえていた。私は、その中で暗闇をじっと見つめていた。


「誰にも見つからなかった？」

私は由宇にそっと声をかけた。

夜中の二時だった。二時に土蔵の前で、と約束した通り、由宇は土蔵の前で草花に隠れるようにして立っていた。

「うん、おじさんたちも、みんな寝てた」

私と由宇は家を抜け出していた。私は、玄関にあるダンボールの中にこっそり隠していたリュックを背負っていた。中には懐中電灯が入っているが、光が見えてしまっては大変なので、暗いまま、手をつないで道路まで出た。

「もういいかな」

私はリュックから懐中電灯を取り出し、そっとつけた。

街灯などないので月と星の光しかない。真っ暗だった足元を懐中電灯が照らした。

「どこへ行く？」

「見つからないとこ」

こんなに暗いとは思っていなかった。送り火や迎え火をするときだって真っ暗だったはずだが、おじさんと子供たちみんなで道を照らしていたときとは全く違った。一本しかない懐中電灯の光は丸く足元を照らすのが精いっぱいで、由宇の顔もろくに見えなかった。

「どっちに進めばいいのかな」

「しっ。水の音がする」

由宇の言葉に耳を澄ますと、確かに、微かに水が流れる音がした。

「とりあえず川のほうへ行こう」

水の音だけを頼りに、川へと向かった。川と言っても、足首までしか水がないような小さな川だ。

その川の音が、今はやけに大きく聞こえた。

「落ちないようにね」

「由宇もだよ」

懐中電灯を手渡し、由宇と私は寄り添って、川の音を頼りに歩き続けた。

ずいぶん歩いたような気がして、

「ここ、どこだろう」

と呟いた。

「わからない。あんまり光を上に持って行くと、見つかっちゃうし、足元が見えないし」

「ちょっと貸して」

私は由宇が持っていた懐中電灯を借りて、少しだけ辺りを照らしてみた。

真っ暗な穴の中のようで、何も見えない。

青々とした稲が植えられている田んぼがあるのはわかったが、目印はなにもなかった。

「私たち、山を降りちゃったのかな」

「まさか。あっ」

由宇が小さな声をあげた。

「ここ、おじいちゃんのお墓があるところだ」

「え、うそ」

ずいぶん歩いたと思ったのに、私たちがいるのは、昼間葬式をした、おじいちゃんの埋められているお墓がある田んぼだった。

「どうしよう……」

「お墓のほうまで行ってみる？　このまま進んでも、何があるかわからないし」

「うん」

私たちは用心深く田んぼのあぜ道を渡って、お墓があるほうへと進んだ。

お墓の前に、少しだけ土がむき出しになった空間があった。

「ほんとだ。まだ土が落ちてない」

こんもりと山になっているのを見て、私がいった。

「なに、土が落ちる、って？」

「お棺が腐るとね、土が落ちてへこむんだって」

「そうなんだ」

私たちはなんとなく手をつないだ。おじいちゃんの死体が埋まっている場所にいるのが怖かったのかもしれなかった。

水の音と、田んぼの稲の葉擦れの音がした。こうしていると、暗い大きな海の側にいるようだった。

「結婚したのもここだったね」

ぽつりと由宇がいった。

「ここで、しようか」

「え……ここで？」

「こわい？」

何をこわいと聞いているのか自分でもわからなかった。由宇は、少し考えたあと、

「こわくないよ。『伴侶』と一緒だから」

と答えた。

私たちはお墓の横にある小さな空間へ並んで座った。私はリュックの中を懐中電灯で漁って、屋根裏で見つけた大きな風呂敷と、蠟燭を取り出した。それと、図書館で借りてきた性教育の本も出した。

「その本、なに？」

「セックスのしかたが書いてあるの。図書館で借りたんだ」

「ふうん」

蚊取り線香をとりだすと、「準備がいいね」と由宇が驚いた様子だった。

蚊取り線香と蠟燭を並べて、マッチで火をつけた。ぼうっとした光が宿り、やっと由宇の顔が少し見えた。

私たちは裸足になって、風呂敷の上に立った。

「おままごとするみたいだね」

由宇が呟いた。

「由宇、なんだかわたしのほうが宇宙人みたい。『口』以外の全部の場所で、由宇にさわりたいの」

「どうして『口』はだめなの？」

「あのね、私の『口』、この前壊されちゃったの。だから何の味もしないし、私のものじゃなくなっちゃったんだ。でも、ほかの部分はまだ大丈夫。まだ、掌も足もお臍も、私のもののままだから、そこで由宇にさわるの」

「わかった」

由宇は私が奇妙なことを言うのには慣れているのだろう、それ以上「口」のことを聞くことはせず、素直に頷いた。

私たちはまず、抱き合ってみた。

由宇からは、おばあちゃんちのお風呂の、みかん石鹸の匂いがした。

「もっと由宇のそばにいきたい」

私は漠然と、セックスを「そばにいくこと」だと思っていた。

全身の皮膚を由宇の皮膚にこすり付けた。由宇の肌は柔らかくて、先生の硬い掌とは別の生き物みたいで、ほっとした。

「もっとそばにいきたい」

私は必死に囁いた。

虫と蛙の声が私の声を掻き消しそうだった。由宇に届いているか心配だったが、

「こんなに近いのに？」

と由宇が答えてくれて安堵した。由宇から吐きだされたあたたかい空気が、肩のあたりをくすぐった。

「誰かの皮膚の中に行きたいって、思ったことある？」

由宇は私の肩に顔を押し付けたまま、

「考えたことなかった」

と言った。

「もっとそばにいっていい？」

しがみつきながら言うと、由宇はすこし考えて、

「うん。奈月ちゃんがきたいだけ、そばにきて大丈夫だよ」

と言った。

私は由宇のパーカーの中のシャツにしがみついた。それでもまだ遠くて、前だけボタンをはずして、由宇の肌に直接顔を擦りつけた。

「少し近くなった？」

由宇の胸に耳を押し付けると、心臓の音がした。

「由宇の内側から由宇の声が聞こえる」

「え、そう？」

「うん。由宇が喋ると、由宇の筋肉が動いて、中から声が響いてくる」

「へんな感じ」

由宇が笑い声をあげると、その音が、またその皮膚の内側から響いた。

由宇の肌の中が鳴っている。私は、そこへ辿りつきたくてしょうがなかった。

「もっとそばにいきたい」

うわごとのように呟いた私に、「もっと？」と由宇が少しだけ困った声を出した。

私はブラウスと下着を脱いで由宇にしがみついた。

「さっきより少しだけ近い」

「よかった」

由宇の体温が近かった。由宇の手首をさわると、柔らかい皮膚の中で血管が蠢いているのが感じられた。

「この中の由宇に会いたいの。皮膚の中に行きたい」

私は呟いた。

「奈月ちゃん、ずっとそう言ってるけど、どうすれば、もっと近くに来られるのかなあ」

キスをすれば皮膚の中に行ける。だから大人はキスをするのかもしれない。少女漫画で読んでいたロマンチックなキスに、こんな、動物みたいな意味があるとは思っていなかった。

でも、私の口はもう殺されてしまったから、それはできなかった。

「口じゃないところでも、キスってできるのかな？」

私が由宇に聞くと、「おでことか、ほっぺたとか？」と由宇がいった。

「それだと、口を使わないといけないでしょ」

「そっか」

私は、ふと、由宇の身体にあるもう一つの、露出した内臓のことを思い浮かべた。

「由宇、由宇の内臓を私の身体の中に入れたら、皮膚の中に行けるかな？」

「内臓？」

私が由宇に説明すると、由宇はびっくりしたみたいだった。

「それって、セックスのことじゃない？」

「そうだよ。だって最初から言ってるもん、セックスをしようって」

そう言いながらも、わたしは怖かった。由宇のペニスが、先生のものみたいに「汚い」ものだったら？

けれど、由宇が服を脱いで出てきたものは、先生のものとはまったく違っていた。

それは青白く、植物の芽に見えた。私は安堵した。

「それを身体の中にいれたら、私、由宇の皮膚の中に行けるのかな？」

由宇は首をかしげ、

「わからない。そんなこと、本当にできるのかな」

と不安げに言った。

私たちは、私の足の間にもあるはずの内臓を探した。なんとかそれを探し当て、二人で手を添えて私の粘膜を開いて穴を開け、由宇の内臓をゆっくりそこに差し込んだ。

そのとき、不思議なことが起こった。

内臓の一部を繋げただけなのに、私は由宇の身体の中を泳いでいた。

「行けた。由宇の皮膚の中に行けた」

私は呟いた。声は掠れていた。由宇は苦しそうだった。

だんだんと、言葉がなくなって、私たちは呼吸だけになっていった。

私たちは互いの身体の中を泳いでいた。

虫の音や草の音と、私たちの呼吸が同じ速度で響いている。

「遠くへ来た感じがする」

私はなんとか由宇に言葉でそう伝えた。

「由宇と一緒に、すごく遠くて近い場所に、来た感じがする」

由宇は私の内臓の中で溺れているみたいで、あんぐりとあけた口からは透明な唾液が垂れていた。

私は由宇から落ちてきた水にさわった。

自分は生まれてからずっと、ここに来たかったんだと思った。私は秋級でも、あの白い街でも、宇宙船の中でもない、もっとずっと遠い場所へ、辿りついていた。

痛みより安堵が勝っていた。私たちの内臓は、水の音をたてながら混ざり合っていた。お腹の中で、私たちは互いの体温を静かに食べていた。

由宇の規則正しい寝息が聞こえていた。

いつのまにか、わたしたちはうとうとしていた。

私は由宇を起こさないように、そっと起き上がった。その拍子に、由宇から生えた内臓がするりと、わたしのお腹から出て行った。

私はリュックの中に手を伸ばした。

そこには母の鞄からたまに盗んでいた薬があった。母が眠れないときに飲む薬。私はいつも二錠ずつその薬を盗んでいた。それを誰にも見つからないように、食べ終えたラムネの容器に入れて集めていたのだ。

私の身体はもうすぐ、口だけでなく全部殺されて、大人のための道具になる。そうなる前に死のうと、私はだいぶ前から決めていたのだった。

家を出たときから、もう戻らずに死ぬことを決めていた。お葬式も、今なら掘り返しておじいちゃんと一緒に埋めてもらえるかもしれない。最初から穴を掘ったり燃やしたりするよりきっと大人も楽だろう。

お菓子のラムネの入れ物の半分くらいまでぎっしり詰まった薬は、ラムネそのものに見えた。

私は容器から薬を取り出して、ジュースで飲み込もうとした。

「奈月ちゃん？」

由宇の小さな声が聞こえた。

「なにを、口に入れたの？」

お菓子だよ、と答えたかったけれど、口の中にジュースと薬があるので答えることができなかった。

振り向くと青ざめた由宇が、指を私の口の中に突っ込んだ。

うっと口の中のものを出すと、由宇が叫んだ。

「ぜんぶ、出して！」

由宇は私が口に入れたのがラムネではないことに気が付いている様子だった。

「奈月ちゃん、ほら！　吐きだして！」

口に指を突っ込まれ、解けかけた錠剤を由宇の指が口の外へと持っていった。

湧き上がってきた唾液を飲み込もうとしたら、

「飲み込むな！」

と由宇が叫んだ。

私は由宇の剣幕に怯んで、大人しく口に唾液を溜めたまま静止した。由宇はジュースのペットボトルを私に手渡し、

「これでうがいをして、ぜんぶ吐きだして。一滴も飲んじゃだめだよ」

と厳しく言った。

私はジュースで口の中を洗い、草の中に吐きだした。

「飲んでない？　少しも？」

由宇が何度も確認し、私は頷いた。

「美津子さんも、同じことがあったんだ。病院から薬をもらってたんだけど、それを全部飲んだ」

「おばさんが？」

やっと声が出た。由宇は頷いた。

「だから、僕は美津子さんが生き延びるための道具にならないといけない」

「由宇は……」

私の声が掠れた。

「由宇はいつ、宇宙に帰るの？」

由宇は俯いた。

「たぶん、僕はもう帰れない。宇宙船はどこにもないんだ」

由宇の顔は夜の闇に覆われてよく見えなかった。

「僕たちはどんな手を使っても生き延びなきゃいけないんだ」

「いつまで？」

私は悲鳴をこらえながら呟いた。

「いつまで生き延びればいいの？　いつになったら、生き延びなくても生きていられるようになるの？」

「大人になったら、きっとそうなるよ」

「ほんとに？」

「絶対だよ」

おばさんは大人なのに生き延びないと生きていられないじゃないか、と言いたかったけれど、私は言葉を飲み込んだ。

「だから僕と約束して。それまで生き延びるって」

「……わかった、約束する」

由宇がほっとしたように顔をあげた瞬間、大きな光が私たちを襲った。

「何やってるの！　あんたたち！」

姉の悲鳴が聞こえた。

私たちは裸のまま寄り添った。

「来て！　来て！　誰か!!」

激しい足音が聞こえ、光の輪っかが集まってきた。

なぜだか、私はとても落ち着いていた。隣にいる由宇も同じようで、少し眩しそうに目を細めただけで、微動だにしなかった。

半狂乱の大人たちが、私たちに駆け寄ってきた。

「なにを……なにをしているんだ？」

狼狽した様子のてるよしおじさんがしわがれた声を絞り出した。

「おじさん、セックスをしらないの？」

私が言うと同時に、頬に激しい衝撃があって、見上げると、父に殴られたのがわかった。

「とにかく家へ引きずっていけ！　閉じ込めろ！」

私と由宇は引き剝がされて、私は蔵の中へ突き飛ばされた。

田んぼのほうで、由宇が叩かれながら引き摺られているのが一瞬見えた。

おじさんもおばさんも父も母も、見たことがないほど動転していた。私にはそれが、可笑しくて仕方がなかった。

「ここでしばらく大人しくしてろ！」

父が怒鳴った。私は吹き出すのを堪えながら、

「私、さっきから少しも騒いでないよ。騒いでるのはお父さんたちだけだよ」

と言った。

「屁理屈を言うな、ここで朝まで頭を冷やせ！　夜が明けたらすぐに連れ帰るからな！」

「お父さんたち、何をそんなに騒いでいるの？」

私の言葉に、父の後ろでおろおろしていた母が唖然として呟いた。

「何をって……」

「私と由宇がセックスをして、何がいけないの？」

「お前たちは……まだ子供だからだ！」

「子供はセックスしちゃいけないの？　子供とセックスしたがる大人って、たくさんいるのに。子供同士だと駄目なの？」

「奈月！」

父が私の頭を殴りつけた。バランスを崩して蔵の中に転がった私は、それでも少し笑っていた。

「いやらしい！」

姉が母のさらに背後から叫んだ。

「子供のくせに。しかも、いとこだなんて！」

「奈月、しばらくここで反省するのよ」

母が諭すような口調で言った。

「反省することなんて何もない。暗いのだって怖くない」

金切声をあげて私に襲いかかってこようとする母を、父が制した。

「しばらく閉じ込めろ。朝になれば少しは懲りるだろう」

蔵の戸が閉められ、真っ暗になった。外から、父と母の声が聞こえた。

「何でこんなことに……お葬式があったばかりなのに……」

「もうあいつはここへは連れてこない。由宇くんには二度と会わせるな」

「昔から、危ないと思ってたのよ。あの二人。ああ、いやらしい！」

姉が高らかに叫ぶのが聞こえた。

「奈月のやつ、急に反抗的になって……」

「学校のお友達が悪いのよ。あんな知識がある子じゃないもの」

私が従順ではないことを大人たちが嘆いている。そのことが滑稽だった。

大人は子供を性欲処理に使うのに、子供の意思でセックスをしたら馬鹿みたいに取り乱している。笑えて仕方がなかった。お前たちなんて世界の道具のくせに。私の子宮は今この瞬間、私のためだけにある。大人に殺されるまでは、私の身体は私のものなのだった。

「まさか妊娠なんて……」

「いや、まさか……」

おばさんたちがざわめいている。そうだったらいいのに。由宇には恐らく学校でならった「精通」がまだきていないのだろう。伊賀崎先生が出していたねばねばした液体は、身体のどこにもなかった。

世界に従順な大人たちが、世界に従順ではなくなった私たちに動揺していた。

大人たちだって麻酔にかかっている。麻酔にかかる前の記憶がないみたいに。気が狂ったように騒ぎ続けている大人たちが、私にはなにかの魔術にかかっているように見えた。


暗闇の中で、眠らないまま、夜が明けた。

蔵の戸が開き、荷物を抱えた両親と姉が、私の腕を摑んで立たせた。

由宇はどこにいるか聞きたかったが、どうせ教えてくれるはずもないので黙っていた。

空は明るくなりかけたところだった。

「帰るぞ」

私は裸足のままひきずられて、足は土だらけだった。

「靴は？」

私の問いに、無言で、黒いローファーを投げつけられた。

太腿や膝はまだ土にまみれていた。父はいつも車はきれいにしてから乗れと叱るのに、今日は無言で私を押し込んだ。

母と姉は私を挟んで後部座席に座った。車が走り出したら逃げようがないのに、母は骨が痛くなるまで私の腕をつよく摑んでいる。

車が走り出した。私は一瞬だけ母屋に視線をはしらせた。窓の中に人かげがあったが、それが誰なのかはわからなかった。

無言のまま高速道路を走り続け、「トイレに行きたい」と姉が言いサービスエリアに入った。

「私もトイレに行きたい」

母は「変なこと考えるんじゃないわよ」とトイレまでついてきて、ドアの前で立ちはだかった。個室に入ると、私は靴を脱いだ。昔よく陽太くんたちとみんなで一緒に宝探しごっこをして遊んだときのことを思い出していた。貝殻や小石を家のどこかに隠して全員で探して遊ぶのだ。由宇は隠すのが一番得意で、私は見つけるのが一番得意だった。

朝、靴を履いたときから、違和感に気が付いていた。私は靴の中敷きを取りだした。予想通り、そこに由宇から渡された宝物が入っていた。由宇が昨夜、私の靴に隠してくれたのだ。

結婚誓約書

① 他の子と手をつないだりしないこと

② 寝るときは指輪をつけて眠ること

③ なにがあってもいきのびること

以上を誓います。

笹本奈月

笹本由宇

それは私たちが結婚したときの誓約書だった。由宇はずっと持っていてくれたのだ。誓約書の端には、「絶対に守って」と由宇の字で走り書きがあった。

私はトイレのドアを背に、目を閉じて蹲った。瞼の裏側には暗闇があった。昨日、由宇と内臓を繋げた感覚が、まだ足の間に残っていた。

瞼の裏側は、昨日、由宇と一緒に沈んでいた宇宙と同じ色をしていた。私は声を出してしまいそうになるのを堪えながら、暗闇を見つめ続けていた。

3

足首に虫が触れた気がして視線をやると、スニーカーの靴紐が解《ほど》けていただけだと気が付いた。両手にぶら下げたスーパーの袋を下ろすのも面倒で、私はそのままでいいかと再び歩き出した。

私は、自分が育った家まで歩いて十五分ほどの場所にある、ニュータウンの駅前のマンションへ向かった。

三年前、三十一歳のときに結婚し、生まれ育った千葉のニュータウンの駅前にマンションを借りることを両親に勧められた。千葉から都内への通勤にも不便だし生活が代わり映えしなくて気が滅入ると反発したが、今は、駅からもスーパーからも近い立地を、それなりに便利だと感じている。

ミネラルウォーターはいつものようにネットスーパーで買えばよかったな、と掌に食い込むスーパーの袋を持ち直しながら思った。安くなっているのを見て、つい二本も買ってしまった。

朝、ベランダから吹き込んできた風を肌寒く感じて薄手のトレンチコートを羽織ったのだが、歩いているとまだ暑かった。もう十月になろうとしているのに、日差しはまだ強い。

「ただいま」

やっとマンションに辿り着き、部屋へ入ると、ベランダで観葉植物を弄《いじ》っていた夫が、「おかえり」とカーテンから顔をのぞかせた。

「この幹が太い子、だいぶ土が乾いてるみたいなんだけど」

「それはね、このまま春になるまで水をやらないでいいの。寒くなると葉っぱがぜんぶ落ちて冬眠して、春になるとまた芽吹くって本に書いてあった」

「そうなんだ。すごいなあ、植物は」

夫は素直な性格で、何にでも感動する。私の説明に、まるで偉大な人物の銅像と対峙するように尊敬のまなざしを向けながら、そっと幹に指先で触れた。

「秋級に行ったら植物すごいなあ、なんて言ってられないよ。植物に飲み込まれそうになりながら暮らしてるんだから。手入れしないと家も畑もすぐに、自然の力にやられちゃう」

「何度聞いてもすごいなあ。僕の家は祖父母も東京だから、奈月さんの話を聞くと夢みたいだよ。いつか行ってみたいなあ」

夫は秋級の話が大好きだ。ベランダから中に入ってきて、うれしそうに私に話を強請《ねだ》った。

「もっと聞きたいなあ。あ、そうだ、あれを聞かせてよ、蚕の部屋の話」

「あれはね、おじさんから聞いただけだから見たわけじゃないよ。でもね、秋級の家の二階、そんなに広くはないんだけどそこから育て始めるの。おじさんの話ではそこに竹の籠をおいて、最初は二階のその部屋だけなんだけど、桑の葉を食べてどんどん育って、家中がお蚕さまだらけになってね……」

夫はまるでおとぎ話でも聞くように、秋級の話にうっとりと聴き入る。こうしていると、まるでおじの話が本当に自分の体験のように感じられて、調子に乗ってしゃべり続ける。

「そうそう、春になるとね、いつもヒヨコを五羽買ってくるんだって。それを育てて卵を産ませて、二、三年たったら絞めて、お盆やお正月に食べるんだって」

「お盆なら、奈月さんも食べたことがあるんじゃない？」

「どうかなあ。私が子供のころには、もう秋級の家に鶏はいなかったと思うけど」

「素晴らしいなあ。まさに、命をいただいているって感じだね。僕はパックに包まれたスーパーの肉しか見たことがない。東京はだめだよ、人間として大切なことを学ぶことができないんだ」

夫は都会人らしい田舎への憧れを強烈に持っているようだった。私も、実家では秋級の話をすることはほとんどなかったので、夫が熱心に話を聞いてくれると、懐かしさで気持ちがほぐれる。

私は夫と話しながら、鍋の水を沸騰させた。

「今日は何を食べるの？」

「パスタにしようと思ってたけど、蕎麦にしようかな。智臣《ともおみ》くんと話してたら食べたくなっちゃった。おじさんの話だとね、絞めた鶏をネギや椎茸と一緒に煮てつゆを作って食べるんだって。鴨南蛮みたいな感じかなあ」

「へえ、美味しそうだね」

私は鍋に一人分の蕎麦を入れた。夫と私は、今日のような休みの日でも、あまりいっしょに食事をしない。そういうところも、私には気楽なパートナーだった。

夫はたいてい、コンビニで買った適当なお弁当やおにぎりで食事を済ませている。母親の手料理が苦手だったから、手作りのものはあまり食べたくないのだそうだ。私も疲れているときにはそうするが、麺類など楽なものをぱっと作って食べることも多い。

「僕は少し昼寝しようかな」

「そうしなよ。せっかくの休みなんだから」

「わかった」

地元を離れたかった気持ちはあるが、ここに住んでいてよかったと感じるのは、駅から近いにもかかわらず、家賃が安いことだ。おかげで私たちは子供もいないのに2LDKの部屋に住んでおり、それぞれの寝室で眠ることができる。

夫は眠そうな顔で冷蔵庫のミネラルウォーターをコップ一杯飲み、自分の部屋へと入っていった。夫の部屋に入ることはあまりないが、本棚に好きな本と子供のころから大切にしているフィギュアを並べているのはちらりと見たことがある。夫も私も、ついつい自分の部屋にこもることが多いが、子供の頃のようにそのことをとやかく言う人間がいないこの家は、それなりに快適だった。

おじの話の記憶と想像で作った蕎麦をテーブルで食べた。味はしなかった。夫が開けっ放しにした窓から、秋の匂いがする風が入り込んで、テーブルクロスを揺らしていた。


夫はファミリーレストランの社員として都内のお店で働いており、私は派遣社員として工事の機材のレンタル会社の事務をやっていた。ついこのあいだ契約が切れて、貯金もあるので次の職場をのんびり探しているところだった。

あまり間があくと面接で困るのでせいぜい二週間が自分の秋休みだと考えていたが、残業の多い会社だったので、こうして一日家にいてのんびりとすごせることはうれしかった。

少し面倒なのが、マンションの付近に、地元を離れずにいる友人が何人も残っていることだった。そのまま実家に住んでいる独身者もいるが、私と夫のように駅前に大量にできた若い家族向けのマンションを借りたり、ローンで購入したりして住んでいる元同級生も多かった。都内に比べて保育園も見つけやすく、実家も近いので子育てに最適だと皆が口をそろえて言うのを聞いて、ここは小学生の私が感じた通り、子供を育てるのに最適な「工場」なのだなあと、ぼんやり思った。

地元に残った同級生にはネットワークがあり、うわさが廻るのも早い。私が仕事を辞めてすぐ、静ちゃんからメッセージがあった。

『久しぶり♪　この前、イオンでお母さんに会って、今お仕事お休みって聞きました☆　私も今、フルタイムの会社から転職して、扶養内勤務で働いてるんだ〜♪　よかったら火曜ならいつもお休みだからおうちランチでもどうかな？』

休みを満喫したい私には少し億劫な申し出だったが、

『わあ、久しぶり！　うれしい〜♪　ケーキ持ってお邪魔します☆』

と返信した。

メッセージを送る相手の絵文字や文体を真似するのは、小さいころからの癖だ。静ちゃんはそんなに絵文字は使わないが、☆マークや音符のマークは多用するので、私もそのように返事をしていた。深い意味はないが、相手に合わせれば、テンションが高すぎてうっとうしいとか逆にシンプルすぎて冷たい、などというふうに向こうが不快に思う確率が減るのではないかと感じている。

静ちゃんは、私と夫が住んでいるマンションの近くにある、高層マンションで暮らしている。高校も大学も違ったのでずいぶん長いこと連絡をとっていなかったが、六年前に結婚して静ちゃんが地元に戻ってきてからは、たまに連絡がくるようになった。

友達が多いほうではない私は、億劫に感じつつも、彼女から連絡がくると安心する。そうでないと、夫と一緒に世界から取り残されているような気持ちになることがあるからだ。

とんとん拍子に日程が決まり、明後日の火曜に静ちゃんの家をおとずれることになった。

当日、駅前のショッピングモールで買ったケーキを持って静ちゃんの家のチャイムを鳴らした。結婚前より化粧が濃くなった静ちゃんが、それでも幼いときの印象とあまり変わらない、あどけない笑顔で迎えてくれた。

「いらっしゃーい！　奈月ちゃん、久しぶりー！」

静ちゃんは昔に比べて華やかになったと思う。歓声をあげて私のケーキを受け取り、リビングへと案内してくれた。

リビングのベビーベッドでは、生産された赤ちゃんが眠っている。静ちゃんの家に来ると、秋級の「蚕の部屋」を思いだす。「蚕の部屋」にずらりと並べられたという赤ちゃんの蚕と、静ちゃんの赤ちゃんが重なって感じられる。私たちも、見えない大きな手で繁殖させられているのではないかと思えてくる。

「最近どう？」

「特に変わらないよ。派遣の仕事、新しいところはもう少し家のそばにしようかなっておもってるくらい」

「それがいいよお。子供だってそろそろ考えるころだもんね。なるべく残業がない仕事にしないと、家事と両立できなくて、子育てが始まる前からバテちゃうもんねえ」

「うちは、夫も私もできるだけ家事は自分でやることになってるから」

私が、洗濯も、分担してやっていると説明すると、静ちゃんはため息をついた。

「いいなあ。奈月ちゃんの旦那さんは、家事に協力的で」

「そうかな」

私も夫も自分の部屋は自分で掃除をし、共用スペースであるリビングとキッチン、お風呂は使ったら24時間以内に元通り綺麗にするというルールになっている。食事が別々なことが多い分、皿洗いや掃除などがどちらかの負担にならないよう、そう決めたのだ。最初は12時間以内というルールだったが、食べたらすぐ寝たいタイプの私のほうが音を上げた。

もしも子供がいたら違うのだろうが、私と夫はとてもシンプルなルールでうまく暮らしていると思う。そのことが、静ちゃんにはとてもうらやましいようだった。

「奈月ちゃんの旦那さんだったら、いいパパになりそう」

「はは」

私は静ちゃんからの「探り」から逃れるように、なんとなく膝の上においたハンカチで下腹を隠した。

静ちゃんは、さりげなく、私が妊娠しているのではないかと探りを入れてくることがある。

「大体、安定期に入ってから周りに言うもんねえ」といつも言っており、私がカフェインレスのお茶を飲んだりアルコールを控えたりしているのを見ると、敏感に反応する。

私は静ちゃんに妊娠していると誤解させないよう、エスプレッソのおかわりをお願いした。少し残念そうに、静ちゃんがカップを持ってキッチンへ向かってくれた。

「ちょっと気がはやいかもしれないけど、もしも何かあって、保育園探しとか、いい病院探してたりとかしたら、いつでも言ってね。そういうの、情報が命だもんね」

「ありがとう。今のところ、そういう予定はないかな」

私の言葉に、「そっかあ。夫婦のことに立ち入ったりするつもりはないけど、もし産むなら早いほうがいいよね。そうそう、友達が今、不妊治療していて、そこがとってもいい病院なんだって。もし興味があったら、言ってくれればいつでも教えるね。あ、そうだ、そういうのにいい漢方もあるって知ってる?」と静ちゃんが笑顔をつくった。

静ちゃんは変わったし、変わらない。大人になったけれど、今も世界を信じ続けている。「女」として優等生であり続ける静ちゃんがまぶしく、また大変で苦しそうでもあった。

静ちゃんが赤ちゃんをダッコして上の子供を保育園にお迎えに行く時間になり、私は自分のマンションへと帰った。少し疲れた私は、リビングへ寄らずに自分の部屋へと直行し、ベッドに横たわった。

ただ近所でランチとケーキを食べただけなのに、奇妙に疲れていた。私は眠るためにワンピースから着替えようと、のろのろと起き上がってクローゼットをあけた。

クローゼットの中に、小さなブリキの箱があった。てるよしおじさんが子供のころ、秋級の蔵の中で見つけて私にくれたものだ。ワンピースを脱いだ私は、そっとその箱に手を伸ばした。

箱の中には、黒ずんだピュートの死体と、黄ばんだ結婚誓約書と、針金の指輪が入っていた。

た。

「ポハピピンポボピア」

私は小さな声で呟いた。呪文のようなその言葉に反応し、指輪がちらりと光ってみせた気がした。

由宇と私が起こした事件のあと、私の生活は大きく変わった。

元々無口だった父は私とほとんど口をきかなくなり、母と姉は私を交代で監視した。

大学に進学しても、就職しても、私は家を出ることを許されなかった。

「お前は見張りがいないと何をするか分からない。笹本家の名を汚さないよう管理するのが、俺の務めだ」

大学を出て派遣社員として働くことになり、一人暮らしをしたいと申し出た私に、父親はこちらを見ずにそう言った。いつまでも続く懲役の中で、私は、「工場」の部品になることを望まれ続けた。

私は、「工場」の部品にうまくなれないであろう自分を感じていた。私の身体は故障したまま、大人になっても性行為はできなかった。

三年前、三十一歳になったばかりの春、私は「すり抜け・ドットコム」というサイトに登録した。婚姻や自殺、借金など、様々な項目で世間の目をすり抜けたい人たちが、仲間に呼び掛けたり、協力相手を探したりするサイトだ。

私はその中の「婚姻」のページにアクセスし、「性行為なし・子供なし・婚姻届あり」とチェック項目に印を入れて相手を探した。

『三十歳男・東京在住　家族の監視から逃れるため婚姻相手緊急募集中。家事完全分担・通帳別・寝室別のドライな結婚生活希望。性行為完全排除希望、握手以上のスキンシップ望みません。共有スペースでの肌の露出も控えてくれる方希望。』

「性行為なし」にチェックを入れている男性の中でも、一際詳しくルールが書いてある人物が目に入った。見ず知らずの男性と口約束だけで性行為なしの婚姻をするのだから、不安要素は少ない相手のほうが有難い。すぐにメッセージを送り、二、三回喫茶店で面談を行ったあと、合意して婚姻関係になったのが夫だ。

夫はヘテロセクシャルだが、中学三年生になるまで母親と風呂に入っていたせいで、実物の女体が苦手なのだそうだ。性的欲望はあるようだが、フィクションで満足でき、女性の肉体はできる限り目に入れたくないらしかった。詳しく聞いたことはないがかなり厳しい父親に育てられたらしく、結婚することで監視される日々から逃げ出せるなら有難いとのことだった。

役所に婚姻届を出すと、両親も姉も不気味なくらい喜んだ。夫も私も友人が多いほうではなく、私も親戚にはあまり会いたくないという事情から、式はあげなかった。記念写真だけでもと姉がしつこく勧めたが、それも断った。

夫には兄がいるが、兄弟の関係もあまりよくなさそうだった。そういうところも自分と家庭環境が似ていて、気楽だった。

私はできれば地元を離れたかったが、両親の強い希望があったのと、寝室を別にして暮らせる物件の家賃は都内ではあまりに高額だったため、育った街の駅前のマンションを借りた。姉はここでも賃貸ではなくマンション購入を強くすすめたが、それも拒否した。

夫との生活はそれなりに快適だった。食事は別、余りものがあれば交換することもある。洗濯も、私は土曜日、夫は日曜日に自分の服と下着だけを洗濯した。タオルはもとから別々で、カーテンやトイレマットなど共有のものは、何か月かに一度、休日に二人で洗濯した。

自分の部屋は自己管理、共用スペースは使ったら24時間以内に元通りにすること、トイレは週末に交代で掃除、ルールだらけの生活だが義務さえ果たせば余計なことをする必要はなく、慣れればかえって楽だった。

セクシャルな接触が一切ないという点は、私をとても安堵させた。夫のほうが過敏なくらいで、私がルームウェアとして着ていたハーフパンツも、露出したふくらはぎが気持ち悪いということで、ジャージになった。私たちは握手すらしたことがなく、たまに宅配の荷物の受け渡しのとき指先を掠めるのがせいぜいだった。

子供のころ、漠然と想像していたように自然に「工場」の一部になることはなく、私たちはまさに親戚や友人、近所に住む人間の目をすり抜けていた。

皆、「工場」を信じ、「工場」に洗脳され、従っている。身体の中の臓器を工場のために使い、工場のために労働している。

夫と私は、「ちゃんと洗脳してもらえなかった人」たちだった。洗脳されそびれた人は、「工場」から排除されないように演じ続けるしかない。

一度、夫になぜ「すり抜け・ドットコム」に登録したのか訊ねてみたことがある。「契約の項目に、深入りしないよう書いたと思ったけど……」夫は困惑した様子で言った。

「ごめん、契約違反だったね」

「いや、いいよ。奈月さんには不思議と安心して話せるから」

夫はセックスに興味がないわけではないが、「セックスはするものではなく、見るもの」だと思っているという。見るのは好きだが、他人とあんなに体液をながしながら触り合うのはぞっとするのだそうだ。夫は働くのが嫌いだという問題も抱えていた。それが勤務態度に出てしまうので、一つの会社で勤務し続けることができない。

「人間は、働くのもセックスするのも本当は嫌いなんだよ。催眠術にかかって、それが素晴らしいものだと思わされているだけだ」

夫はいつもそう言っている。

夫の両親、兄夫婦、友人などがたまに、「工場」の様子を偵察しに来た。私と夫の子宮と精巣は「工場」に静かに見張られていて、新しい生命を製造しない人間は、しているという努力をしてみせないとやんわりと圧力をかけられる。新しい人物を「製造」していない夫婦は、働くことで「工場」に貢献していることをアピールしなくてはいけない。

私と夫は、「工場」の隅で息を潜めて暮らしていた。

気が付けば、私は三十四歳になっており、由宇とのあの夜から二十三年が経過していた。それほど時間が経っても、私はまだ、工場の隅で、生きるのではなく生き延びているのだった。

夫が七つ目の会社をクビになったのは、週があけてからのことだった。

「こんなの、労働基準法に違反している。絶対に復讐してやる」

酒に弱い夫は、コーラを飲みながら怒りに震えていた。

居心地が悪くなって自ら転職することは多かったが、クビというのは初めてなので、私も驚いた。

夫は一年前から飲食店の会社に勤めていたのだが、お店の金庫のお金を使ってパチンコをやっていたのがばれてしまったらしい。

それは警察沙汰にならなかっただけましで、クビになっても仕方がないかもしれないなあと、夫の話を聞いて納得した。

「僕は流用して増やして、きちんと返していた！　店舗の金を使ってなにが悪いんだ。間違っている」

「『工場』では、ルール違反をすると厳しく裁かれるんだよ。仕方ないよ、また次を探そう」

夫はソファにうつぶせになり、クッションに顔を押しつけながら言った。

「また、親父に糾弾される日々か。遠くへ行きたい」

「パチンコのことは隠して、うまく説明しようよ。協力するから」

「僕は死にたい」

「何言ってるの」

「いや、もう死んでしまいたい。死ぬ前に、一度、『工場』から自由になってから死にたい」

止めようとしたが、夫をこの世界に引き止める理由は特に思いつかなかった。

夫に好きなものや、やりたいことがあればいいのだが、そういうわけではない。それなのに夫も、そして私も生き延びている。

何のために生き延びているのか、と問われれば、私にもよくわからなかった。

「死ぬ前に、どこか遠くへ行きたいな。そうだ、奈月さんが話してくれた秋級の家、行ってみたいなあ。きっと想像しているよりずっと、美しくて、素晴らしいんだろうなあ……」

　夫がうっとりと言うので私は慌てた。他愛のない話を重ねているうちに、秋級は、夫にとって桃源郷になってしまったようだった。

「あの家はね、その、遠いし、いまはおじが管理していて行くのが難しいから……」

「そうだよね。僕にはまったく関係のない場所だものな。でもなぜだろう、僕は今までに訪れたどんな場所よりも、そこが懐かしいんだ。死ぬ前に一度でいいから、僕も『すいこ』を食べてみたかったなあ……」

　目を閉じて、魂だけ秋級へと飛んで行ってしまったような夫に、私は思わず口を開いた。

「あの……週末、実家に行って、お母さんに聞くだけきいてみようか？　でもあそこはね、今、いとこが暮らしていて絶対に無理だと思うんだけど。期待しないでね。万が一、もういとこが引っ越していたら、二、三日泊まることくらいできるかもしれないけど……」

「本当かい!?」

「あのね、たぶん無理だと思うよ。でも聞くだけね、そうでなくても近くの旅館とかに行ってもいいし……」

「うわあ、もしも本当に秋級へ行くことができたら、どんなに素晴らしいだろう……！　『蚕の部屋』に泊まるんだ、屋根裏にも行ってみたい！　『送り火』をしたっていう川にも行ってみたいなあ。ああ、もし近くまでいけたら僕の魂は救われるよ……！」

「あのね、難しいと思うよ、家《うち》はね、昔ちょっと親戚との間でトラブルがあって……」

はしゃぐ夫が期待しすぎないようそう説明しながらも、こんなに喜んでくれるなら、秋級の家に泊まるのは無理でも、近くの旅館に宿をとって、散歩をすることくらいなら許されるのではないか、と考えていた。

さっきまで青白い顔をしていた夫が、今は頬を紅潮させ、身振り手振りを交えながら興奮している。それは、夏休みに秋級の縁側ではしゃいでいた、小学生の自分の姿に重なった。


「智臣くんがね、仕事をクビになって、疲れてるみたいで。田舎暮らしがしてみたいって、しきりに言うの」

週末、久しぶりに実家に顔を出した私は、おそるおそる切り出した。

「あらあ、智臣さん、落ち込んじゃってるのねえ。心配よねえ」

姪が生産されてから、母は語尾を伸ばしてねっとりとした喋り方をするようになった。

部屋のソファのほうから姪の泣き声が聞こえる。今日は、ここから電車で五駅ほどのところにマンションを買って住んでいる姉が、孫の顔を見せにと、実家へ遊びに来ていたのだった。

「それでね、その、無理ならいいんだけど……」

言葉を濁し、やはり切り出すのは無理だと口を閉じた。

「どうしたの？」

「ええと、あのね、それで、何泊か旅行をしようって話してるんだ」

「へえ、いいわね、子無し夫婦は優雅で」

姉が姪の背中を撫でながら言った。

「貴世ったら」

母にたしなめられ、姉は肩をすくめた。

「でも、私も旅行、いいと思うわよ。ねえ、花ちゃん？」

急に顔を寄せられ、姪が驚いて身を捩り、ぬいぐるみにしがみついた。

「私の友達がね、子供が長いことできなかったんだけれど、思い切って休みをとって別荘で二人でのんびり暮らしたら、すぐに妊娠したんだって。自然が多いところって、やっぱり、できやすいのよ」

「そうねえ、いいかもねえ。場所は考えてるの？」

私は咄嗟に首を横に振った。

「ううん。でも温泉があるところがいいかな。ゆっくりできるし」

「あらあ、素敵じゃない。あなたたち、新婚旅行に行ってないものね。楽しんでいらっしゃいな」

母の言葉に、「うん」とおとなしくうなずいて見せた。

小学校のころ、私と由宇が起こした事件以来、家の中で、父や母が由宇を含めた親戚の話をすることはほとんどないまま大人になった。

中学三年生のとき、祖母が亡くなっても、「あんたは受験だから」と葬式には連れていってもらえなかった。同い年の由宇は来ていたと、後で姉と母が話しているのを聞いた。

私が三年前に結婚してからもそれは変わらなかった。少しは安心したのだろう、てるよしおじさんや美津子おばさんの話になることはあり、美津子おばさんがずっと前に亡くなっていたことに驚きはしたが、息子である由宇の話にはならなかった。

姉は両親がいないとき、何気ない調子で私に由宇の噂話をすることがあった。私が今でも由宇という存在に反応するかどうか、試しているようでもあった。

私は顔の筋肉を動かさないようにしながら、いつも姉の話を聞いていた。両親は決して由宇の話はしないので、たとえ試されているとしても、姉の話は貴重な情報源だった。

姉の噂話によると、大学生のころ東京で一人暮らしをしていた由宇は、おばさんが亡くなり、山形の家を引き払ったそうだった。学費をてるよしおじさんが助けたということが姉には不満なようだったが、私は由宇が山形よりずっと近い場所で暮らしているということのほうに、心がざわついた。けれど表面上興味は示さず、「ふうん」と気のない相槌を打った。

そのまま紳士服の問屋の会社に勤めて真面目に働いていると聞き、きっと由宇ならこつこつと仕事をしているのだろうなと、夏休みの宿題をさぼらずにやっていた由宇の姿を思い出していた。

その会社が、他社ブランドに吸収合併されて、由宇が自主退職したと姉から聞いたのは、一年ほど前のことだった。

「不況だからねえ、早く辞めたほうが退職金が多く出るみたいで、手をあげたらしいわよ。運が悪いっちゃあ悪いけど、ちゃっかりしたところもあるわよねえ。失業保険もらいながら、秋級の家でしばらく暮らすんだってさ」

「秋級の家で……？」

由宇の話には絶対に反応しないようにしていたのに、懐かしい地名に思わず声がでた。

「そうよお。あの子、昔からやけに、おじさんに可愛がられてるわよねえ。大好きだったおばあちゃんの家でしばらくこころとからだを休めたいって、泣きついたみたいよ。おじさんも甘いわよねえ。私の勘では、あのまま居座ろうって魂胆だと思うわ。あの子、別れた父親の遺産もちゃっかりもらって食いつぶしてるみたいなのよ。ほんとう、あの子は何考えてるかわからないわ。よく美津子おばさんが由宇くんのことを、宇宙人みたいでよくわからないって言ってたけど、本当よねえ」

「そう」

私は表情を見せないように俯きながら、そう返事をするのがやっとだった。

あれから一年だ。姉がいった通り、まだ由宇は、働きもせず秋級の家に居着いているのだった。

そのとき、家の電話が鳴った。

「あらまあ、お久しぶりです！　ええ、ええ……え、なんですって？　いえ、秋級に？　智臣さんがそう言ったんですか？」

夫の名前が出たことにぎくりとして、電話口の母に「だれ？」と口を動かしてみたが、母は混乱したようすで、受話器を握りしめたまま頭を下げている。

「ええ、ええ、いえ、こちらは全然かまわないんですよお。はい、はい……」

電話を切った母が、困惑した様子で私に言った。

「あの、智臣さんのお母さんがね、智臣さんをよろしくお願いしますって、秋級でしばらくお世話になりますっておっしゃってるんだけど、あんた、これどういうこと？」

「え、お義母さんが？」

私は仰天した。

「あんた、あの家には今……」

「わかってるよ。智臣くんは……行きたがっていたけど、あの、難しいってちゃんと伝えておいたよ」

「じゃあどうして、こんな電話がかかってくるのよ」

「私にもわかんないよ。智臣くん、なにか誤解してるのかも。帰ったら言っておくから」

姉が姪を抱き上げながら、私を挑発するように言った。

「いいじゃない。行ってくれれば？　秋級、奈月の新婚旅行にぴったりじゃない」

「貴世！」

母が大声をあげたが、姉は平然とした顔でこちらを見ていた。

「いいじゃない。由宇くんが住んでいいなら、奈月にだって権利があるわよ。由宇くんもちょっと図々しいんじゃない？　いくらおじさんがいいって言ってるからって、家賃も払わずに住み続けるなんて。あんなの、追い出せばいいじゃない」

姉の言葉に、母が困った顔をした。

「あの家はね、てるよしおじさんが継いだんだから、誰に貸そうと家《うち》に口出す権利はないわよ」

「由宇くんは美津子おばさんの息子なんだから、てるよしおじさんとは関係ないじゃない。おばさんが死んでからおじさん、妙にあの子をかわいがってるけど、なんだか乗っ取ろうとしているみたいで、薄気味悪いわよ」

「売ったっていくらにもならないわよ、あんなあばら家」

母が苦々しげに吐き捨てた。

私は居心地の悪さを感じながらも、部屋をでていくわけにもいかず、黙ってリビングに立ち尽くしていた。

本当に秋級に行くことになるとは思わなかった、と新幹線の中でうれしそうにお弁当を食べている夫を見ながら、ため息をついた。

私の話を早合点して、義母に伝えたのはやはり夫だった。夫は秋級に行けるかもしれないというだけでよほどうれしかったらしく、口をすべらせてしまったらしいのだ。

親戚の間で連絡網のように電話がまわり、本当に泊めていいのか、由宇をよそへやったほうがいいんじゃないかと、母も父も熱心に話し合った。

昔のことだし夫がいるならもういいじゃないかと、言ったのは父の一番上の姉であるりつこおばさんだった。

「奈月ちゃんもねえ、子供だったんだから。いまだにばあちゃんの墓にすら来れなくて、可哀そうじゃないかい。お葬式もね、本当は奈月ちゃんもいっしょにばあちゃんを送ってやるべきだったって、今でも思ってるんだよ。もうみんないい大人なんだから、いつまでも昔のこと言ってたってしょうがないでしょうに。じいちゃんはね、あの家でこどもたちの笑い声を聞くのが唯一の楽しみだったんだよ。あれきり、お盆もさみしくなっちゃってねえ、じいちゃんもばあちゃんもお墓でさみしがってるよ。奈月ちゃんもじいちゃんとばあちゃんに会いに行ってやんなさいよ」

りつこおばさんはあまり親戚のもめごとに口出しするほうではないが、いざというときのおばさんの言葉は重く、てるよしおじさんですら逆らうことができない。父も母も渋々、私と夫の秋級行きを承諾した。

「由宇くんにどこかへ行ってもらえればいいんだけどね、東京のマンションも引き払ったらしくて、あの子、今、家がないのよ。こっちがお金出して旅館に何泊もさせるのも馬鹿らしいしねえ」

母は由宇のことが気にいらないらしく、名前を出すのも汚らわしいというふうに苛々していた。父は母に比べると冷静で、「まあ、広い家だからな。智臣くんもいるし、大丈夫だろう」と意外と淡々とした態度だった。

夫は笹本家が電話親戚会議で大混乱だったこともしらず、呑気に窓の外を眺めていた。

「ああ、楽しみだなあ……！　ついに秋級に行けるなんて、本当に夢みたいだ！」

秋級へは、長野駅からはバスか車で行くしかない。バスは一日に一本しかないので、駅まではるよしおじさんが迎えに来てくれることになっていた。

「もうしわけないなあ。僕か奈月さんが車を運転できればよかったんだけど」

「運転できても、あの山道は慣れないひとはちょっと無理だよ。うちはお母さんも免許もってるけど、山道ではかならずお父さんに運転を交代してたよ。それくらいすごい道なの」

「うわあ、わくわくするなあ！　山なんて、小学校のキャンプ以来だよ。うちは旅行はほとんどいかない家だったからね、学校行事以外でどこかへ行くなんて初めてかもしれないなあ」

気が重くはあったが、夫の浮かれ具合を見ていると、よかったのかもしれないという気持ちになった。

窓の外を見ながら、夫が呟いた。

「ありがとう、奈月さん。僕は、もう本当に死んでしまおうと思っていたんだ。その前に、奈月さんとこんなふうに、『工場』の外へ行くことができてよかった」

夫は眠いのか、私に寄りかかった。スキンシップをほとんどしたことがない私たちには珍しいことだった。

夫の頭の重みを肩に感じながら、窓の外を見ていた。トンネルがいくつも続いている。山が近づいてきた証拠だった。


長野駅に着くと、おじが改札口で待っていてくれた。

「わざわざありがとうございます」

おじは髪の毛が真っ白になっていて、一瞬分からなかった。「奈月ちゃん」と手を振ってくれる姿には、二十三年前のおじより祖父の面影があるように感じられた。

「ずっと奈月さんに秋級の話を聞いていたんです。本当に行けるなんて夢みたいです、ありがとうございます！」

「いや、そんなふうに言ってもらえてうれしいですよ。あそこはね、今はもういわゆる限界集落ってやつでね、空き家も多くなってさみしいもんなんですよ。若い人がわざわざ遊びに来てくれるなんてね、じいさんも喜びますよ」

おじは記憶より小さくなったように見えた。私自身が小学生のときより大きくなっているとは思うが、それだけではなく見えた。

「どこかに寄ってご飯でも食べていきますか？　秋級についたらね、店も何もないから、町で食べ物を買っていったほうがいいですよ」

「ありがとうございます。でも、そう思って大体のものは用意してきました」

肩にかけた大きな鞄を持ち上げてみせると、「さすが奈月ちゃん、用意がいいね」とおじが微笑んだ。

「トイレだけ行ってきていいですか？」

夫がトイレに走っていくと、「東京より、だいぶ寒いんじゃないかい？　車の中で待っていてもいいよ」とおじが言った。

「いえ、大丈夫です。それも想定して、上着も持ってきたので」

私の言葉に、「そうか。秋級の気候は、奈月ちゃんもよく知ってるものなあ」とおじが目尻にしわを寄せた。

「……由宇くんには僕からも説明してあるよ。由宇くんはそれなら自分は他所《よそ》に泊まると言ったんだけどね、ちょっと急だったんで、行くあても見つからなくって」

「ごめんなさい、突然おさわがせしてしまって」

「いや、いいんだよ。あの家もね、ばあさんが死んでからはずっと空き家で寂しくてね。崩れるまえに取り壊そうなんて話も出てたくらいだからね、由宇くんが家を借りたいって言ってくれたときは嬉しくてね。なんだか昔に還ったような気持ちになったんだよ。由宇くんも奈月ちゃんも、あの家がだいすきだったもんなあ……」

おじが目を細めて記憶を手繰り寄せるように呟いたあと、俯いた。

「……あのときのことは、悪かったと思ってるよ」

私は思わず顔をあげた。

「君たちは子供で何も知らなかった。それだけなのに、大人がみんなして慌てちゃってね。蓋をして見えないようにした。乱暴で傲慢なもんだよ、大人なんてもんはね」

「いえ……あの、私、今はもう大人ですし、だから大人の事情もちゃんとわかるんです。おじさんたちは悪くないです」

「あの……あのときのことを、旦那さんは知ってるのかな？　よけいなおせっかいかもしれないが……」

「あの人は大丈夫です」

きっぱりと言い切ると、おじは少し安堵したように、「……いい人と結婚したんだねえ」と微笑んだ。


「大丈夫？　気持ち悪い？」

夫に声をかけると、「……大丈夫」と夫が口元をハンカチで押さえながら呻くように言った。

ガードレールもない急激なカーブを、おじの車は器用に曲がっていく。記憶よりも険しくて狭い山道で、カーブのたびに私と夫のお尻が後部座席のシートの上をすべり、互いの身体を押しつぶしてしまう。

「慣れない人は大変でしょう。どっかで止めて休みますか？」

「いえ、平気です」

「そうですか、もしいけそうならこのまま一気に行っちゃったほうがかえって楽なんですよね。

このカーブ、慣れてないときついよなあ。奈月ちゃんは大丈夫？」

「はい、平気です」

実際は、記憶以上に狭くて曲がりくねった道に、崖から落ちないかはらはらしていたが、胸を張って答えた。都会暮らしで秋級の山の厳しさを忘れてしまっているとは思われたくなかった。

「さすが奈月ちゃんだな」

おじが嬉しそうに言う。久しぶりに会ったときより緊張した空気が薄れ、子供時代に私をかわいがってくれた懐かしいおじの姿に戻ってきている感じがした。

「あと三つカーブしたら秋級だよ。あと少しの辛抱だ」

窓を葉っぱが引っ掻いている。昔より、緑がこちらに迫ってきている気がする。私は子供時代のように窓に張り付いて緑を見つめていた。

見慣れない緑のトンネルのような曲がりくねった道を、耳がきーんと痛くなるまで登ったところで、不意に視界が開けた。

「はい、着いた。奈月ちゃん、智臣さん、秋級にいらっしゃい」

おじの声に、思わず涙が出そうになった。

見覚えのある小さな赤い橋の向こうに、何度も頭の中で記憶を再生し続けた、秋級の光景が広がっていた。

車酔いが吹き飛んだかのようにはしゃぐ夫のために、おじは赤い橋のすぐそばで車を停めてくれた。

「おじさん、この川が昔、送り火や迎え火をしていた川でしたっけ……？」

川というにはあまりに細くて浅い水の流れに、車から降りた私は思わず駆け寄った。

「そうだよ。覚えてないかい？」

「もっと深くて大きかったような……子供のころ、水着を着てここで泳いだことがあったと思うんですけど」

「そんなことあったかな？　この川は、このままじゃ浅くてとても泳げないんだけどな。おじさんが子供のころは、友達みんなで石で流れをせき止めて、水を貯めて泳いで遊んだもんだよ。奈月ちゃんたちが来たときに、そうやってみんなと泳いだことがあったかもしれないな」

「そうですか……」

そういえば石で水をせき止めてくれていたと、おぼろげな記憶が蘇ってきた。秋級のことは鮮明に覚えているつもりだったのに、あちこちの記憶が曖昧になっていた。

集落を囲んでいる山は、記憶よりずっと大きかった。緑色のイメージしかなかった山のところどころが、紅葉で赤く染まりかけている。記憶ではずっと遠くにあったはずの祖父の墓が、川のすぐ向こうに見える。

「電柱が木じゃなくなってる……」

「そうそう、昔は木だったよな。よく覚えてるねえ。携帯の電波は相変わらず入らないけど、孫世代が遊びにきたとき不便だからアンテナをつけようって話もあるんだよ」

「へえ、秋級でスマホが使えるようになるんですか」

ずっと記憶の中の秋級を漂っていたので、突然二十三年もタイムスリップしたようで、自分の中でうまく一致しないまま、ふわふわとした足取りで川沿いの道を歩いた。記憶と同じところもあれば違うところもあり、パラレルワールドに入り込んでしまったような不思議な感覚だった。

「見えてきた。覚えてるかい？」

おじが指さした先に、なつかしい土蔵があった。

土蔵は記憶と変わらなかった。私は思わず駆け寄った。

「覚えています、記憶とおんなじです！」

「そうかあ。かくれんぼなんかで、子供はみんな土蔵に隠れたりしてたもんなあ」

目を細めておじが言う。夫は、「うわあ、すごい、すごい！」と歓声をあげ、スマートフォンで写真を撮りながら一番後ろをついてきていた。

土蔵の前の小道を上がると、庭と母屋が姿を現した。庭は記憶よりずっと小さかった。その先にある母屋は、今見ても大きく感じられたが、長い間人が住んでいない期間があったせいか、屋根や柱が少しだけ朽ちているように見えた。

チャイムなどないのか、おじがガラス戸を叩く。

「由宇くん、こんにちは！」

返事はなく、家の中は静まり返っていた。

「おかしいなあ。今日の昼に着くって、昨日電話で伝えてあったのに」

おじは裏口のほうへ行ってみると言って、家の横にある雑草に覆われた斜面を登っていった。

私と夫は戸の前に取り残された。もしかしたら、由宇は私に会いたくなくて逃げたのかもしれない。なんだか裏切られたような気持ちだった。

「虫が……」

夫が呟いた。見ると、戸は僅かに隙間が空いていて、見たことのない緑色の昆虫が、家のなかへ入っていこうとしていた。

虫を逃がそうとそっと戸に手をかけると、するりと戸がひらいた。虫は、戸の振動に驚いて飛び立っていった。

「……こんにちは、誰かいますか……？」

私はおそるおそる声をかけながら、玄関へ入った。

薄暗い玄関は、東京ならここだけでワンルームマンションになってしまうくらいの大きさがあった。六畳ほどある玄関に、農具が少しと、笠とホース、灯油を入れるポリタンクや長靴が並んでいる。埃をかぶった長靴が並んでいるなかで藍色のスニーカーだけが新品で、これが由宇のものなのだとしたら、中にいるのではないかと思った瞬間、玄関の横にある階段が軋んだ。

「……いらっしゃい」

か細い声で言いながら、由宇が姿を現した。

由宇は、最後に会った時から二十三年も経ったというのに、あまり印象が変わらなかった。手足は伸びているが、髪形は一緒で、顔立ちもそれほど変化していない。記憶の中の由宇と大きくずれることがなく姿が重なることが、かえって奇妙に感じられた。

「あの、私、いとこの笹本奈月です」

私自身は風貌が変化したと思われるので、丁寧に自己紹介をした。由宇は少し目を細め、「奈月ちゃん……？」と小さくつぶやいた。

「あ、その夫の者です」

夫は妙な自己紹介をして、頭を下げた。

「てるよしおじさん、裏口に向かったけど……」

「ああごめん、あっちの入口、鍵かけちゃってた。今いくよ」

「あの、てるよしおじさん、昨日電話したって言ってたけど……」

白いシャツをきちんと着込んだ由宇をみて、どこかにでかけようとしていたのではないかと不安になった。

「うん、話は聞いているよ、今日からしばらく夫婦でここで暮らすんだよね」

「迷惑じゃない？」

「まさか。そもそも僕の家じゃないし、自由に使っていいよ」

由宇は微笑んで、襖をあけてくれた。襖の向こうによく子供たちで遊んだ居間が見えた。

「とりあえず、どうぞ。僕は裏口のほう見てくる。上がって、くつろいで。散らかっているけど……僕の家じゃないのに、どうぞというのも変だけどね」

由宇は私と夫にスリッパを出すと、風呂場のほうへと向かっていった。そっちに裏口があるなんてこと、子供のころの私は知らなかった。

私と夫はおそるおそる、荷物を抱えて家へあがった。

私は由宇があのことがなかったかのように、自然に接してくれていることにほっとしていた。

夫は、

「なにか、生き物の匂いがする」

とつぶやいた。動物が入り込んでいるということなのか、この家のなかでだれか人間が匂っているのか、どちらの意味かはわからなかった。


「うわあ、懐かしい」

居間には、こたつと、祖母のものがはいった棚と、テレビがあった。テレビは、古いダイヤル式のものだったと記憶しているが、さすがに最新型の薄型のものになっている。

「うわあ、すごい！　想像してたとおりの部屋だ。こっちが縁側かい!?」

夫がはしゃいでいると、居間におじと由宇がはいってきた。

「長時間の移動おつかれさま。お茶でいい？」

「ありがとう」

「ああ、俺はもう帰るよ。ちょっとね、今、孫が来ていてね。晩御飯までに戻らないといけないから」

おじの言葉に、私と夫は慌てて頭を下げた。

「忙しいときに、わざわざ送ってもらってごめんなさい」

「いやいや、いいんだよ。この家が賑やかになってくれるのはね、俺もうれしいからね」

おじは皺だらけの顔でほほ笑むと、慣れた動作で玄関に持ってきた自分の靴へと飛び降り、手を振って去っていった。

おじの車の音が遠ざかると、にわかに家のなかがしんとし、気まずく思った私は由宇になにげなく話しかけた。

「この部屋、こんな広さだったっけ。ここに、いとこみんなで集まって夜にトランプをしたと思ってたけど……」

こたつが置かれた居間は、子供たちが勢ぞろいするにはずいぶん狭いように感じられた。由宇は、

「僕も、最初は記憶より小さく感じた」

といって表情を緩めた。

三人でこたつに入り、お茶を飲みながら、由宇が出してくれた羊羹をたべた。由宇は夫に「長野の食べ物もどうぞ」と、「えご」も出してくれた。由宇は簡単に家のなかのことを説明した。

「後で案内しますけど、トイレとお風呂は廊下のあっち側。台所はこの奥です。水道は湧き水だから綺麗で美味しいと思いますけど、気になるなら山を降りたときにミネラルウォーターを買ってきます。バスは一日一回しか巡回していないので、買い出しは僕が行きます。何でも言ってくださいね」

「ネットスーパーとか、ないんですか？」

夫の言葉に、「ここまで配達してくれるお店なんてないと思いますよ。インターネットが繋がっている家すら、あるかどうかわからないですから。移動スーパーもありません。タクシーも、秋級の道を知っている車じゃないと断わられることもあるような僻地ですから。念のため、ここに地元のタクシーの番号が書いてありますが、どこかへ行くときは僕が車を出すのでいつでも言ってください」と由宇が言った。

「スマートフォンは圏外ですが、赤い橋を越えるとすこしだけ電波が入るので、もしメールなど

したければそこまで歩いてみてください。普段はこっちの黒電話を使ってください。番号はここに書いてあります」

「はい」

「見てのとおり、この集落にはお店は一軒もありません。自動販売機もありません。必要なものは、車で山を降りて買いにいきます。街へ降りても、コンビニなんかはかなり遠くまで走らないとないですね。道の駅にけっこう野菜がそろっているのと、地元のスーパーがあるのでそこで食べ物を調達します。おじさんがくれた野菜や米なんかは、台所の隣にある土間に置いてあるんで、好きに取って食べていいです。梨がまだたくさんあるんじゃないかな」

　夫がそわそわと由宇にたずねた。

「すみません、『土間』って何ですか？」

「屋内の、床を張ってない部屋みたいなもので……見れば大体わかると思いますよ」

「屋根裏も、あとで見てみていいですか!?」

　前のめりになって由宇に問いかける夫に、

「いいですよ。本当に田舎の家がお好きなんですね」

　と由宇が微笑んだ。

「トイレは、奈月ちゃんが子供のころは汲み取り式……ぼっとん便所って僕たちは言ってたよね、それだったけど、今もそのままなので使うときは気をつけて。お風呂はガス式で、これも昔と変わってない」

「どこで寝ればいい？」

「どこででも」

由宇は居間を囲った襖を指さしながら言った。

「こっち側には上座敷と下座敷があって、あっちには仏壇の部屋があります。家の中を見て回って、二人で好きな部屋を選んで使ってください。僕は今、二階の手前の部屋で寝ているので、そこ以外なら」

由宇の言葉に、夫が立ち上がりそうになる。

「それは『蚕の部屋』ですか!?」

「いや、蚕がいたのはたぶん、階段を上がって奥の方にある部屋なんじゃないかと……本当に詳しいんですね。奈月ちゃんが説明したの？」

話題をふられ、「うん」と頷いた。

「そう。蚕のことなんて、よく覚えてたね。二階の手前の部屋以外はどこでも好きに使ってくれていいですよ。でも夫婦で使うなら広い部屋がいいかな」

「ああ、それなんですけれど、できれば僕たちは別々に眠りたいんです」

夫が申し訳なさそうに言った。

「僕たちは一般的な『夫婦』とは少し違うんです。婚姻関係は結んでいますが、一緒に眠るほど親しいわけではないので……」

「はあ……？」

首を傾げた由宇に、私も説明した。

「私は雑魚寝は得意だから夫と寝室が同じでも平気なんだけれど、夫はあんまり得意じゃなくて……旅行でもだいたいシングルを二つとるの。もし由宇が使ってなければ、こっちのおばあちゃんが寝ていた部屋を、夫に貸してもらえると助かる。私はどこでもいい、蚕の部屋でもいいし、仏壇の部屋でもいいし」

「ええと、うん……」

由宇が不可解そうな顔をしたのをみて、夫と私は顔を見合わせた。

「しばらく一緒に暮らすことになるんだし、僕たちについてちゃんと説明をしたほうがいいんじゃないかな？」

「そうだね」

私は頷いた。由宇は不安そうに、きょろきょろと私たち夫婦の顔を見比べていた。


「ポハピピンポボピア星のこと、覚えてる？」

子供のころ苦手だった「えご」は今食べると舌触りがさっぱりして美味しかった。うれしそうに食べる夫の横で、私は切り出した。

「……うん、覚えてるよ」

一瞬の沈黙のあと、ちらりと夫を見て、由宇が頷いた。

「あのあと、少ししてから、私も本当はポハピピンポボピア星人だということがわかったの。ピュートが教えてくれたんだよ。夫には伝えてある。でも、もう宇宙船はないんだよね？　だから息を潜めて、地球星人として暮らしていくしかない。大人になったら世界が洗脳してくれると思っていたけれど、そんなことはなかった。少し疲れて、しばらくここで休むことにしたの。ここなら、星も近いし」

　由宇は再び夫へちらりと視線をやり、頷いた。

「そうなんだね。全然知らなかった」

「僕は妻のことを特に愛していませんが、『工場』の目を免れるために婚姻関係を結んでいます。僕は妻と違って、洗脳されるのがとても恐ろしい。『工場』は本当に恐ろしいですよ。僕たちを奴隷にしてしまうのだから」

「すみません、その『工場』というのは何ですか？」

　由宇が用心深く言葉を選びながら、夫に尋ねた。

「ああ、僕たちは自分が住む世界のことをそう呼んでいるんです。だって、そうじゃないですか？　僕たちは肉体で繋がった部品だ。子供を作りつづけ、遺伝子を未来に運び続けるだけのパーツだ。子供の頃からうっすらと薄気味悪く思っていたものが、妻と出会ったことではっきりと、奇妙だと断言できるようになったんです」

　夫は自分の瞼に触りながらいった。

「そう、僕にも『宇宙人の目』がダウンロードされたんです。妻と出会ったことで」

「『宇宙人の目』……？」

　戸惑う由宇に、私はなるべく丁寧に説明した。

「宇宙人から見た世界を見る目ってことだよ。たぶん、誰でも持ってる。普段はよく見えないだけ」

「そう、それは僕の中にもあったんです。今では妻より僕のほうが『宇宙人の目』を持っているみたいだ」

由宇は私たち夫婦が勢いよく話すので、かなり困惑している様子だった。

「……そう、二人はとっても価値観が合う夫婦なんだね」

「いや、その『価値観』というものも、『工場』の洗脳なんですよ。妻はいつか工場に洗脳されたい、ポハピピンポボピア星人ではなく地球星人として生きていきたい、と思っているようですが、僕は違います。僕は宇宙人の目こそ大事にしたい」

夫が前のめりになって話すので、助けを求めるようにちらりと由宇が私に目線を寄越した。

「智臣くん、落ち着いて。由宇がびっくりしてるよ」

夫ははっとして、申し訳なさそうに座り直した。

「すみません、いつもこういう話は我慢して、『工場』の人間に見つからないように息を潜めて暮らしているので……」

夫は私と違って『工場』のことが大嫌いだ。私は、どうせ宇宙船もないし、母星に帰ることができるわけでもないのだから、洗脳してほしいと思う。

「由宇さんは、そんなふうに思ったことはないですか？　世界は工場で、自分は宇宙人だって」

夫の言葉に、由宇は小さく微笑んだ。

「僕は一度もないです。子供のころは、そんな空想をしたことがあったかもしれないですが、もう大人なので。僕はれっきとした地球人で、この星から出ることは一生ありません」

夜になり、せっかくだからもっと長野らしい食材を買いに山を降りる、という由宇に、それでは申し訳ないからと、冷蔵庫と土間を漁って、簡単な鍋を作ることになった。

夫は野菜を切り、由宇は炊飯器からごはんをよそっている。私は、自分と夫が使う分の食器を探して洗っていた。

「この食器、懐かしいね」

小さい頃、おばあちゃんの家に来たときは、青い花のグラスと赤い花のグラス、どちらを使うかでいとことよく喧嘩になった。私は青い花のほうが大人っぽくて好きだったが、陽太くんも、こっちがかっこいいと一歩も譲らないのだった。

「懐かしい？　そうだったかな。子供のころもこのコップ、使っていたっけ？」

「そうだよ。陽太くんといっつも取り合いになって、泣かせちゃったこともあった。覚えてない？」

「記憶にないな。陽太くんは、上田のほうに住んでるから、たまに会いにくるよ。この前女の子が生まれたから、その子ももう少し大きくなったらここに来るかもしれないね」

「昔の私たちみたいに、親戚の子がみんなここに集まって遊べばいいね」

「そうだね。いつかね」

夫は私たちの会話には加わらず、切った野菜を居間へと運んで行った。夫は子供や親戚の話があまり好きではない。血が繋がっているということや、親戚が集まるのを喜ぶことも、「工場」の「洗脳」の一種だと毛嫌いしているのだ。確かにそういう側面もあるかもしれないが、祖父の遺伝子を引き継いだ子供がどんな顔をしているのかという好奇心もある。夫よりも洗脳が進んで、私は地球星人に近付いてきているのかもしれなかった。

「奈月ちゃんは、まるで冷凍されてたみたいだね」

「そう？」

「なんでもよく覚えてるんだね、この場所のこと」

「そうかな……」

記憶とは違って戸惑っている部分もあるが、由宇にはそう見えないのだろう。由宇はよそいおわった茶碗をお盆に並べ、台所を出て行った。残された私は、コップを洗おうと蛇口を捻った。山から湧き出ている冷たい水が手の甲で跳ね返り、私のブラウスへ飛び散った。


簡単な食事を終えると、私たちはそれぞれの部屋で眠りについた。

話し合いの結果、二階の手前の部屋はそのまま由宇が使い、「蚕の部屋」で夫が眠ることになった。夫は、「夢みたいだ」とはしゃいでいた。

私は仏壇のある部屋で眠ることにした。線香の匂いがして気持ちがいいし、奥にある広すぎる座敷ではかえって落ち着かないからだ。

二階から布団を持ってきて、畳の上に敷いた。そばがらの入った枕の感触が懐かしかった。考えてみれば、木でできた建物で眠るのは久しぶりだった。

微かに天井が軋んだり、襖が振動したりして、家の中に自分ではない動物が二匹いるという気配が伝わってきた。

目を閉じると、夏とは違う秋の音色の虫の声が窓の外から押し寄せてきた。私は二階から伝わってくる軋みに耳を傾けながら、いつの間にか眠りに落ちていた。

4

私が伊賀崎先生の家で「魔女」を殺したのは、由宇とのことで長野から連れ戻されてすぐのことだった。

あのころのことは、白昼夢のようで、あまりよく覚えていない。秋級から車で引き戻されて、私は自分の部屋に閉じ込められた。ドアには外側から大きな鍵をつけられ、家に誰もいなくなるときはその鍵を閉められた。私はトイレに行きたいときも、姉か母が帰ってくるのをじっと待った。

友達に電話をするときも姉か母が見張り、相手が由宇ではないかと疑われた。私は夏休みが終わるまでの間、一日のほとんどを部屋の中で過ごすことになった。

薄暗い部屋の中で、由宇とおそろいの指輪と結婚誓約書を見つめる日々が続いた。だんだんと、不思議なことが起こった。変身用のコンパクトと折り紙のステッキから光の粒が溢れ出すのが見えたり、ピュートがしゃべっている声が鮮明に聞こえたりするようになった。悪の組織の魔法が解けたばかりのピュートは頻繁に私に話しかけてきた。

私の「魔法使い」としての能力が高まっているんじゃないか、とピュートに訊ねると、『その通りだよ！』と鮮明な声で返事があった。

一方で、私の「口」は壊されたままだった。食べ物を食べても、何の味もしないので、食事は楽しくなかった。

食事に呼ばれて一階に降りてもほとんど食べずに部屋へ戻る私に、母は「反抗的なんだから」と溜息をついた。

「塾の集中講座には行かないとだめよ」

そう母に告げられたのは、味のしないハンバーグを一口齧って、部屋へ戻ろうとしたときだった。おじいちゃんの命日から、一週間ほどが経過していた。

「どうして？　部屋を出ちゃいけないんじゃないの？」

「またこの子は屁理屈を言って。塾には行くのよ。少しでも門限を破ったら、すぐにおまわりさんに通報するからね」

日数の感覚が薄れていたが、部屋へ戻ってカレンダーを見た。カレンダーには「あと3日」「あと2日」とお盆へ向けたカウントダウンの数字が記入されたまま残っていた。秋級に行った日には「終わり」と小さく書いてあった。その先のカレンダーは真っ白でなにも書いていなかった。自分は本当はあの日で終わるつもりだったのだと思い出した。

鞄を探って塾のプリントを見ると、集中講座は三日後からだった。前日の夜、伊賀崎先生から電話がかかってきて、母が大きな声で返事をするのが二階まで聞こえてきた。

「あら、先生、わざわざありがとうございます！　お電話くださってたんですか。ちょっと身内に不幸がありましてね、夫の実家のほうへ行ってましたの。もちろんです、先生の集中講座には、去年もとってもお世話になりましたもの。うちの子もね、先生の授業が大好きなんですから。ええ、ええ、よく伝えときます」

母がしつこく促すので受話器を右耳にあてると、「待ってるからね」と先生が快活に言った。

先生の吐息が受話器ごしに右耳にへばりつき、私は動けなくなった。

その日から、口だけでなく右耳も、故障するようになった。口のようにずっと壊れているわけではないが、たまに目の前の音が聞こえなくなって、かわりに波のような音が聞こえたり、電子音が鳴りやまなかったりした。反比例するように、ピュートの声はどんどん鮮明になっていった。

私は魔法の練習に専念した。特に熱心に練習したのは、幽体離脱の魔法だった。これができれば、どこか遠くへ行けるかもしれない。けれど、なかなか幽体離脱の魔法は成功しなかった。

なにがあってもいきのびること。

私にはこの言葉だけが残されていた。私が生き延びる方法は、魔法しかなかった。

集中講座の初日は、姉が見張りながらついてきた。

「もし逃げようとしたらこれで殴るからね」

姉はどこで手に入れたのか、お土産物屋で売っているような小さな竹刀をトートバッグに入れて、塾に向かう私の後ろを自転車でついてきた。

「笹本さん。明日、ちょっと時間あるかな？」

伊賀崎先生が私に声をかけたのは、姉自身の夏期講習が始まり、見張りがなくなった次の日のことだった。

「はい」

私は頷いた。右耳からは、波の音と、ピュートの声がずっと聞こえていた。

「明日、塾はお休みだけれど、特別に『お勉強』させてあげるね。家の鍵の場所、教えたよね？お昼くらいがいいかな。それくらいの時間に、また家に来るんだよ。わかってるよね、特別に

『お勉強』を教えてあげるんだから、誰にも言っちゃだめだよ。お母さんにも、いつもの集中講座だって言うんだよ」

「はい」

その日の夜、私はピュートと相談した。

『先生は悪の手先で、悪い魔女に操られてしまっているから、先生のことを助けてあげないといけないんだよ』

ピュートはそう私を諭した。

もう、魔女は私の口と右耳を壊している。魔法少女として、早く変身して倒さないと、次は殺されてしまうかもしれない。

『なにがあってもいきのびること』

ピュートはまるで由宇が乗り移ったように、繰り返し私にささやいた。

明日、先生に取り憑いた魔女は私の身体を完全に壊してしまうだろう。そうなる前に勝って生き延びるには、今夜しかなかった。

私はリュックの中にピュートと変身コンパクト、そして魔法のステッキを入れて、家を抜け出した。

見張られ始めてからずっとおとなしくしていたせいか、両親も姉も油断していて、家を脱出するのは驚くほど簡単だった。

ドアをそっと開けて外に出て、ふと思いつき、物置を音がしないように開き、「魔女との闘い」に使えそうなものを放り込んだ。「いたっ」暗い中、手探りで道具を探したせいで、何かのとげが指にささった。私は足元に転がっていた軍手をはめて、物置の中の棚を探った。

いくつか武器を手に入れ、物置を閉めるときに懐中電灯を見つけてそれもリュックに入れた。

私は、夏祭りの後に連れていかれた、先生の家へと向かった。

ピュートはとても饒舌になって、私の右耳でしゃべり続けていた。

『早く、早く。魔女に君が殺されてしまったら、世界は滅びてしまうよ。君の魔法だけが頼りなんだ。がんばって！　がんばって！　がんばっていきのびるんだ！』

先生の家まで走って、スヌーピーの腕時計を見ると三時だった。おやつの時間じゃない三時という時間が、夜中にもう一個あるのだということが不思議だった。

秋級の夜に比べて、「人間工場」の夜は光り輝いていた。たくさんの街灯が道を照らしていて、星空はちっとも見えなかった。夜が遅いのに明かりがついている家もある。ここは「人間工場」だから、深夜も休みなく人間が作られ続けているのかもしれない。急に吐き気がこみあげて、走りながら、口の中に湧き出てきた胃液を花壇に吐き捨てた。

先生の家につくと、あの日先生が教えてくれたように、右から三番目の植木鉢の下から家の合い鍵を取り出した。電話をしたらすぐにこの鍵を使って家のなかにくるようにいわれていたのだ。

「先生の家はね、夏の間、誰もいないんだ。だから奈月ちゃんのことを、何度も呼んで『お勉強』させてあげるね。奈月ちゃんは真面目だから、『お勉強』したいもんね？」

あの日、先生は繰り返しそう言っていた。魔女は先生が鍵の場所を教えてしまったことを知っているだろうか。

鍵はあっても中に入るのはやっぱり怖くて、少しの間、幽体離脱の魔法が使えないかためしてみた。けれどやっぱり、その魔法はうまくできなくて、かわりに、右耳の中で聞こえるピュートの声がどんどん大きくなっていった。

『早く早く早く！　このままじゃ魔女がどんどん怖い魔法を仕掛けてくるよ！　殺される前に退治するんだ！　君は正義の味方なんだ、君がいなくなったら世界は滅びちゃうんだよ！　早く早く早く！』

そうだ、私は地球を守らなくてはいけないんだ。私はピュートの声にしたがって、そっと先生の家のなかに入った。

家のなかはしんとしていて、空気がまったく動いていなかった。もしかしたら先生も今夜はここにいないのかもしれない。部屋をのぞいて、もし先生も魔女もいなかったら今夜は帰ろう。きっといないから大丈夫だと、変な勇気がわいてきて、私は念のためリュックから「武器」を取り出して、あの日連れていかれた先生の部屋へとむかった。

先生の家の階段もドアも、あの日と同じで足がすくんだ。踏み出せないと思った瞬間、耳の中の電子音が大きくなり、私はしゃがみこんだ。

『……ちゃん、奈月ちゃん、奈月ちゃん！』

ピュートの声がして顔をあげると、先生の家の中は、壁も、天井も、ピンク色になっていた。

驚いて両手を見ると、自分の手もピンク色だった。まるで、ピンク一色で印刷した写真の中に入り込んでしまったようだった。

『君の魔法の力で世界がピンクになったんだ。今の君ならきっと魔女に勝てるよ。早く早く早く！』

ピュートの声が、家じゅうに響き渡っているのではないかというくらい大きく聞こえる。ピュートの声が大きすぎて、がんがんと頭痛がした。私は頭を押さえながら、ピンク色の階段を上がっていった。

私は魔女に「目」もこわされてしまったのかもしれない。そう思うと怖かった。「口」に「右耳」に「目」、次は身体のどこが壊されてしまうのだろう。

私は先生の部屋のドアの前で立ち止まった。

このとき、一瞬、すぐに走って逃げたほうがいいのでは、という思いがよぎった。

なんでこんなところへ、自分から来てしまったのだろう。私みたいな、幽体離脱の魔法も使えない未熟な魔法少女が、魔女に勝てるわけがないのに。

部屋の中からは音がしなかった。

そのとき、ふっと、なにか大きなものが近づいてくるような感じがした。

幽体離脱の魔法だった。気が付くと、私はお祭りの日のように、身体を飛び出して、私自身を見つめていた。

『ついにできた、魔法ができた』

やっと幽体離脱の魔法が使えたのに、気持ちは平坦だった。私の身体は、部屋のドアをあけて、そっと中に入っていった。幽体離脱した私は、その姿をじっと見つめていた。

ベッドの上で先生が眠っていた。なぜだか、恐怖心はまったくなくなっていた。私の身体はゆっくりと先生に近づいていった。

次の瞬間、視界がぐにゃりと曲がり、何か柔らかいものを叩き潰すような感触が、掌から伝わってきた。

目の前に青い塊があった。私は、物置から持ってきた、父が昔秋級から運んできた草刈り鎌を、何度も何度もその青い塊に振り下ろしていた。

幽体離脱の魔法はいつのまにか終わっていた。青い塊からは、金色の液体が噴き出した。これは何なのだろう。魔女の蛹《さなぎ》ではないか、と私は直感的に思った。魔女が孵化する前に殺してしまわないと。そうでないと恐ろしいことが起きる、それだけは分かっていた。

先生は部屋の中のどこにもいなくて、もう魔女に食べられてしまったのかもしれなかった。金色の液体が、部屋中に飛び散っていく。

『さあ今だ、魔法の呪文を唱えるんだ！』

私とピュートは呪文の練習をしたことなどなかった。私は真っ先に頭に思いついた言葉を何度も唱えた。

「ポハピピンポボピア、ポハピピンポボピア、ポハピピンポボピア、ポハピピンポボピア、ポハピピンポボピア」

それが呪文としてきちんと成立していたかはわからない。青い塊からは、どんどん金色の液体が飛び出してくる。

『早く早く早く！　殺せ殺せ殺せ！　魔女魔女魔女魔女！　殺せ殺せ殺せ殺せ！』

「ポハピピンポボピアポハピピンポボピアポハピピンポボピアポハピピンポボピアポハピピンポボピアポハピピンポボピアポハピピンポボピアポハピピンポボピアポハピピンポボピア」

私はピュートに言われるがまま、必死に呪文を唱え続け、真っ青な塊に鎌を突き立て続けた。どれくらいの時間、そうしていたかはわからない。一分くらいだった気もするし、何時間もそうしていた気もする。

『もういいよ。まあだだよ。もういいよ。まあだだよ』

ピュートが歌っている。

「ポハピピンポボピアポハピピンポボピアポハピピンポボピアポハピピンポボピアポハピピンポボピアポハピピンポボピアポハピピンポボピアポハピピンポボピア」

ピュートの歌から「まあだだよ」がなくなって、「もういいよ」だけになったときには、青い塊は動かなくなっていた。そろそろ魔法が切れてしまうかもしれない。気が付くと、ポケットにねじ込んでいた折り紙の魔法のステッキがぐしゃぐしゃになって、光の粒はまったくでなくなってしまっていた。魔法がとけてしまう。私は急いで、先生の家を抜け出した。

「服が汚れちゃった」

私はピュートに向かって呟いた。私の服は、青い塊から飛び出した金色の液体でびっしょり濡れていた。

私はふと、先生の家は小学校から近いことを思い出した。走って校庭へ行き、懐中電灯で照らしながら焼却炉の中に、着ていたものをぜんぶ脱いで入れた。軍手も使った鎌も入れた。リュックはあまり汚れていなかったので、私は下着姿でリュックを背負い、急いで家にはしった。

そっとドアから家にはいり、手がべとべとしていることに気が付き、リュックを背負ったまま風呂場に入ってシャワーを浴びた。

『もういいよ。もういいよ。まあだだよ。まあだだよ』

右耳には、ピュートの大きい歌声がずっと聞こえていた。

「あんた、何やってんの？」

そのとき、浴室の外から姉の声がした。

私はびくりと身体を揺らした。ピンク色だった視界が急に元通りになっていき、浴室の鏡の中に、げっそりと痩せた肌色の自分が姿を現した。

「なんでもない……昨日、汗かいちゃって、お風呂に入りたくなったの」

「おもらしでもしたんじゃない？　あんた、ガキだから」

姉はそう言って私をからかうと、気がすんだのか脱衣所を出ていった。

私はびしょびしょになってしまったリュックをバスタオルで包んで抱えたまま、部屋に戻った。

魔法をたくさん使ったせいか、身体が重くて、眠かった。

『まあだだよ。まあだだよ。もういいよ。もういいよ』

ピュートの歌が、耳の中でずっと響いていた。私はなぜかとても安心して、そのままぐっすりと眠りについた。


次の日、私は熱を出し、部屋で寝込んでいた。

40度近くの熱が出て、インフルエンザではないかと慌てて病院に連れていかれたが、風邪と疲れが出たのだという診断だった。

「それに、きちんとご飯を食べてないでしょう。免疫力が弱ってるんですよ」

医者の言葉に、母はなぜか「申し訳ありません」と深々と頭を下げていた。

熱はなかなか下がらず、新学期が始まるまで寝込み続けた。

先生が殺されたという知らせを聞いたのは、熱がやっと下がり、学校へ行って静ちゃんに会ったときのことだった。

「知らないの!? 伊賀崎先生ね、変質者に殺されちゃったんだよ」

「知らなかった……」

静ちゃんは泣いて過ごしていたのか、目が真っ赤で、ハンカチが手放せない様子だった。

「先生ってほら、すごくかっこよかったでしょ。それで変質者に狙われてたみたい。ストーカーに悩んでて、大学の友達に相談してたんだって。先生ね、怖くて夜眠れなくて、睡眠薬を飲んでたんだって。だから家に変質者が来ても気が付かずに、ずっと眠ってそのまま殺されちゃったんだって。酷いよねえ。許せないよ！」

「そうだね、許せないよ！」

私は静ちゃんの口調を真似して叫んだ。

「犯人の目撃者、ぜんぜん見つかってないんだって。先生のご家族ね、駅前でビラを配って目撃者を探してるんだって。私たち塾のみんなも、伊賀崎先生のこと大好きだったじゃない!? だから絶対に犯人見つけようって、ビラ配り協力しますって先生のご両親にみんなで手紙を書いたの。奈月ちゃんも参加するでしょ!?」

「うん！」

家に帰って数日前の新聞を見ると、『消えた笑顔　一晩で奪われた若い命』という記事が見つかった。それによると、美しい大学生の青年がある日から変質者に付け狙われるようになり、精神的に追い詰められて睡眠薬を処方してもらうほど苦しんでいた。優しい青年だったので親には相談できず、親しい友人にだけ悩みを打ち明けていた。青年はアルバイトで塾の講師を務めており、子供たちからも慕われる素晴らしい人物だった。両親が仕事でいない夏の間に事件は起こり、青年は何度も凶器で刺され、遺体の損傷が激しく歯形でしか確認できないほどだった。犯人はわかっていないが、伊賀崎先生が白いワゴン車に追われていると友人に言っていたそうで、警察は怪しいワゴン車の目撃情報を探しているとのことだった。

奇妙な気持ちだった。それでは、私が倒したあの青い塊は一体何だったのだろう。先生はあそこにいなくて、私は魔女と戦っただけなのに、魔女のほうは跡形もなく消えてしまった。

右耳は、相変わらず、聞こえたり、聞こえなかったりした。口はやはり完全に壊れてしまっていて、熱さや冷たさは感じられるものの、味はしなかった。だから相変わらず食欲はなかったが、母に厳しく言われて、家の食事と給食は残してはいけなかった。給食は残してもばれなかったが、家の食事は食べるしかなかった。

土日はいつも、塾がおわると駅前へ行き、先生の遺族と一緒にビラ配りをした。ビラには、「目撃者求む！　奪われた尊い命、犯人を許さない！」と書かれていた。

「ありがとうねえ」

先生のご両親は、とても上品な紳士とご婦人だった。私は一人ひとりの手を涙ぐんで握りしめるご両親と、しっかりと握手を交わした。

家に帰り、私は毎日ピュートに話しかけた。

『君は魔女を倒したんだ。君は魔女を倒したんだ。ありがとう！　ありがとう！』

何を聞いても、ピュートはお礼を言うばかりだった。

「あの青い塊はどこへ行ったのかな？　先生は変質者じゃなくて、魔女に殺されたんじゃないかな？」

『君は魔女を倒したんだ！　ありがとう！　ありがとう！』

ピュートはまるで故障してしまったように、同じ言葉を繰り返すだけだった。

あの日の魔女のことは夢だったのではないか。そんなふうにも思うようになった。

私は塾の仲間と一緒に、ビラ配りを続けていた。

駅前でのビラ配りが終わって帰る途中、静ちゃんが言った。

「なんかね、凶器は見つかってないみたいなんだけど、ナイフじゃなくて鎌のようなものなんじゃないかって、警察が言ってるんだって」

「鎌……？」

「変質者の考えることってわかんないよね。怖い！　早く見つかって逮捕されればいいのに」

「怖い！」

静ちゃんの真似をしてそう叫びながら、私は、もしかしたら犯人は、自分が魔女退治に使った鎌をどこかで拾って、それを使って先生を殺したのではないかと思った。

月曜日の朝、急いで焼却炉を見に行ったが、あの日捨てたものはどこにも見つからなかった。

服はともかく刃物くらいは残っているのではないかと思ったが、焼却炉の中はコピー用紙とゴミしかなかった。

家に帰り、濡れたままベッドの下に突っ込んでいたリュックを見ると、金色だったはずの液体はどこにもついていなくて、かわりに持ち手の部分に少しだけ黒い染みがあった。

私はピュートに毎晩語り掛けた。

「ピュート、もしかしたらあの日の魔女退治に使った武器、犯人に盗まれたのかもしれないの」

『奈月ちゃん、ありがとう！　奈月ちゃん、ありがとう！』

「ねえピュート、ちゃんと答えて。私、不安なの。あのね、もしかしたら、もしかしたら、先生は……」

真剣に語り掛けると、少しの間のあと、ピュートがいつもよりさらに大きい声で、私の右耳に語り掛けた。

『奈月ちゃん、君にいいことを教えてあげるよ。君のおかげで、悪い魔女の魔法が完全に世界からなくなったんだ。だからもう君は変身する必要も戦う必要もない。もうしばらくしたら、君に僕の声は聞こえなくなる』

「どうして？」

『役目を終えたからさ。最後に、君に伝えておきたいことがある。僕は君を見つけ出して君にコンパクトとステッキを与えて、魔法少女にした。でもそれは偶然じゃないんだ。君は赤ちゃんのころ、ポハピピンポボピア星から送り込まれてきた魔法戦士だったんだ。本当は任務が終わったら、ポハピピンポボピア星に帰るはずだった。思ったより時間がかかってしまって、宇宙船はもうなくなってしまったけど……』

「そうだったのね！　じゃあ、私は、地球星人じゃなかったんだ！　私もポハピピンポボピア星人だったんだ！」

　私ははしゃいでピュートにすがりついた。ピュートもうれしそうに耳を動かして頷いた。

『そうだよ！　君だってうすうす気が付いていただろう？　自分は地球星人じゃないんじゃないかって。君が地球星人になじめなかったり、変に思うのも当然なんだ。だって君はポハピピンポボピア星人なんだから』

「うれしい！　うれしい！　そうだったんだ！」

『ポハピピンポボピア星の皆も、君を讃えてるよ。みんな、喜んでいる』

「私はいつか、帰れるの……？」

『■■■■■』

　ピュートは何かを言ったが、それは聞こえなかった。

　私はそのまま深い眠りについた。ベッドの下に隠したリュックは汚れてしまっているので明日捨ててこよう。その中のコンパクトも、ステッキも、もう使えない。でも、自分がポハピピンポボピア星人だと教えてもらっただけで十分だった。久しぶりに、秋級の星空を思い浮かべながら眠った。


　その夜を最後に、ピュートは一言もしゃべらなくなった。私はミイラになってしまったようなピュートを、由宇との結婚誓約書と結婚指輪と一緒にブリキの箱の中に大切にしまっていた。

　先生の事件は、そのとき捜査が難航していたが、遺族と、先生の生徒たちがビラを配る姿は、たまに地元のテレビで報道されていた。私も、静ちゃんに声をかけられて、駅前のビラ配りに参加していた。

美しい大学生の男の子が変質者に殺されたというストーリーを、悲しい悲しいといいながら、噂する人たちはみんな、どこかで喜んでいるように見えた。

私は、そのまま魔法使いではなくなり、宇宙船をなくしたただのポハピピンポボピア星人として余生を生きている。母星に帰れない今、ポハピピンポボピア星人として生きていくのは孤独だった。地球星人が私を上手に洗脳してくれることを願うばかりだった。

5

朝、目を覚ますと、夫はもう庭に出て元気よく動き回っていた。

「由宇さんが起きてからでいいけれど、土蔵の中をみてもいいかな!?」

「いいけど、たぶん面白いものはないよ。私も小さい頃、よく探検したけど、田畑を耕す機械がいろいろ置いてあるだけだったよ」

「それでもいいから、見てみたいんだ！」

夫は東京にいたころ引きこもりのようだったのが嘘みたいに明るく、はしゃいでいた。小さい頃の自分を見ている気持ちになった。

「おはよう、早いね」

スウェット姿の由宇が縁側に姿を現した。

「おはようございます、智臣さん」

「ああ、おはようございます。そうだ、今日の朝食当番は僕だったね」

夫が急いでサンダルを脱いで部屋に戻った。

「僕も手伝いますよ」

「いや、それじゃあ当番の意味がないよ。ゆっくりと朝の空気を楽しんでいてください、僕は昨日摘んだ野草で味噌汁を作ってみたいんだ」

「あんまり変なものつくらないでね」

心配になって声をかけるが、夫は張り切った様子だった。

「すこしほろ苦いみたいだけれど、早く味わってみたいなあ。ああ、ここはなんて素晴らしいんだろう」

夫が台所へ向かうと、由宇は私に、「何か羽織らないと、風邪ひくよ」とだけ声をかけ、洗面所へと向かった。

私は縁側に腰掛けて、由宇と夫が家の中を動きまわる軋みを、微かに感じていた。

それから毎朝、朝食を終えると三人で散歩をするようになった。由宇が習慣にしていると聞いて、一緒に行きたいと夫がねだったのだ。

私たちはまず赤い橋のところまで行き、それぞれのスマートフォンに電波を入れてメールや着信の確認をする。それから川沿いをゆっくり歩き、隣の集落に続く山道に着いたあたりで引き返すのが恒例になっていた。

夫には何もかもが珍しいようだった。

夫は隣の集落にも行きたいと言ったが、かなり険しい山道なのでやめておいたほうがいいと由宇にたしなめられ、しぶしぶ諦めていた。

たまに道を変えて、山のほうや廃校があるあたりまで行ってみることもあったが、大抵は川沿いを往復するだけの散歩だった。

祖父母の墓に寄ってお供え物をするときもある。そういうとき、由宇は先に帰るといって、一緒に墓までくることはなかった。

散歩をしていると、いつも奇妙な感覚に襲われた。

夫と由宇が隣同士で歩いているのは不思議な光景だった。ついこの間まで、由宇は過去の人、夫は現在の人で、二つの時間は切断されていたので、どちらかがタイムマシンで現れたような気持ちになるのだった。

散歩をしながら、夫はいつも興奮していて饒舌だった。

「僕は、ここでの生活を機に、人間が絶対にしないことをしたいんです」

「どうしてですか?」

由宇の質問に、夫が胸を張って答えた。

「そのことで洗脳が解けていくからです。『禁忌』なんて、人間が後からつくった洗脳に過ぎない。『宇宙人の目』で見ればくだらないことばかりだ。非合理的ですよ」

「例えば、どんなことをするんですか?」

「ええと……変なものを食べるとか。例えば、昆虫とか……」

「残念ながら、この辺りの人はもとから虫を食べますよ。イナゴくらいなら、長野に限らずいろんな地方でも食べてるんじゃないかな」

「そうなんですか……」

「もしご興味あれば、今度買ってきますよ。イナゴと、蜂の子と……ああそうだ、智臣さんがお好きな蚕の蛹も、食べる地域があるみたいですよ。おじは、この家では蚕の蛹は食べなかったと言ってましたが」

「うわあ、それはぜひ食べてみたいなあ。きっとかわいいんだろうなあ……」

この数日で、由宇と夫はかなり親しくなっていた。由宇は私とは極力距離を置き、なるべく夫と話すように心がけているようだった。

夫がしみじみと言った。

「僕たちが住んでいた街が人間工場だとしたら、ここは工場跡地ですね。もう新しいものが作られない工場。誰かから作れと言われることもない。僕はここのほうがずっと落ち着く。使い終わった部品として、ここでこれからずっと生活したい」

「そうでしょうか。僕は、たまに言われますけどね。若いんだから嫁をもらえ、子供を作れって」

「それは工場の亡霊ですね。跡地には亡霊がいるものです」

夫が深刻な顔で言うので、由宇は楽しそうに笑った。

「そう、この村には亡霊がたくさんいるのかもしれませんね」

水の音が聞こえる。

記憶よりずっと小さな川を、今も水が流れている。秋級に来なくなってからも、その音はなかなか耳から離れなかった。

　水の流れる音の横で、本物の由宇と歩いていることが不思議だった。

　川の向こうに、私たちの先祖のお墓が見える。大学生のころ、父が、おじにかけた電話で、「まだ土が落ちない」と話しているのを聞いたことがある。あれから二十年以上経つが、祖父の棺桶を埋めた土はまだ落ちておらず、盛り上がったままだった。

　祖父はあの墓の下で、今どんな姿になっているのだろう。あの後、会社の上司や友人の親など、何人かの葬式に参列したが、土葬はあれきりだった。髪の毛や皮膚は残っているのだろうか。すっかり土になるには百年以上かかると何かで調べたとき書いてあったから、思ったよりもそのままの姿で、私たちを見つめているのかもしれない。

「奈月さん、どうしたの？」

　夫がふりかえり、立ち止まっていた私は慌てて二人に駆け寄った。川の向こうに見える墓では、祖父母へ供えた食べ物にカラスが群がっているようだった。


　秋休みは一ヶ月。それが、私と夫の限度だった。

　それを超えると、貯金はなくなるし、「工場」の人たちも黙っていない。発見されたら連れ戻される。

「冬が来る前に帰ったほうがいいですよ。ここは雪がすごいから。一階が埋まってしまうこともありますし」

　由宇もそう忠告した。夫は残念そうだったが、それくらいが私たちの休日としては限界なのだろうと思った。

家のまえの道にでると、大きな山が見える。山は日に日に赤く染まり、今では半分以上が紅葉に覆われていた。

散歩を終えた私たちは、朝ごはんのおやきを食べながら、今日はどうしようかと話し合った。由宇は庭仕事をするといい、夫は「すいこ」を探してみると言った。すいこが秋まで生えているかわからないと言ったが、張りきる夫は気にしなかった。味を感じられない私は、もしもすいこを見つけてももうその酸っぱさを感じられるわけでもないのでつまらなく感じ、家のなかの食器を整理することにした。

「懐かしいグラス、おじさんに頼んだら一個くらい持って帰っていいかな」

「一応、りつこおばさんに連絡とってからにしたほうがいいよ。大事なものかもしれないから」

「わかった」

縁側の外にある庭の木も、微かに紅葉していた。それを眺めながら私は呟いた。

「私、秋の秋級って初めて見る。ここに来るの、いつも夏だったもの。雪が降ってるとこ、想像できないな」

私の言葉に、視線をこちらへ向けないまま由宇が言った。

「ここは毎年、冬はずっと雪景色だよ」

「知識としてはあるけれど、想像できない」

「奈月ちゃんは、自分に見えるものしか見ていないからね」

由宇の言葉が尖っているのを感じ、咄嗟に顔を伏せて小さな声で反論した。

「誰でもそうじゃない？」

「見たくないものを見てちゃんと暮らしている人が、世界にはたくさんいるんだ」

再会して、宇宙人であることを告げたときから、薄々気が付いていた。由宇は、私を軽蔑している。

「雪のころには、きっと紅葉とはまた違った、美しい風景が見られるんでしょうねえ」

夫がうっとりと言う。

「僕は、東京生まれだから深く積もった雪をほとんど見たことがないんです。きっと綺麗なんだろうなあ」

「そんな甘いものではないと思いますよ」

由宇は、表情を和らげて、微笑んで夫を見た。

「その厳しさもこの村の一部だ。体験してみたいなあ」

おそらく無理だと解っていながら、夫が呟いた。

「智臣さんは本当にここが気に入ったんですね」

由宇は夫の言うことを、たしなめることはあっても、否定することはない。これが私の知っている由宇だった。

由宇は美津子さんにまるで恋人のように扱われても、私に結婚を迫られても、拒絶することはまったくなかった。「従う」ことが子供時代の由宇の処世術だったのだと思う。

「もちろんです！　冬も春もこの目で見てみたい。でも、そうもいかないだろうなあ。『工場』の奴らは、何をするかわからないから……」

夫は呟いた。

夫も私も感じている。きっと、そろそろ「工場」から「使者」がくるだろう。「工場」の一部であることをさぼっている私たちは、おそらく近いうちに連れ戻されるだろう。私は、その「使者」を心待ちにしている。

使者に連れられた私たちは、工場へ引き戻され、夫は労働を、私は出産をするよう、さりげなく、しかし強制的に誘導されるだろう。そのことがどれほど素晴らしいか、皆は私たちに説き続けるだろう。

私はそのときを待っている。今度こそ、皆が完璧に私を洗脳してくれて、そして私の身体は工場の一部になるのだ。

私の子宮も、夫の精巣も、きっと私たちのものではないのだろう。

それなら、早く脳まで洗脳してほしい。そうすればきっともう苦しくない。皆が暮らしている仮想現実の世界で、私も笑いながら暮らしていけるのだ。


私の願いが届いたのだろうか。「使者」が秋級の家の戸を叩いたのは、その翌日のことだった。

お昼ごはんを食べ終え、洗面所で歯磨きをしていると、戸を叩く音が聞こえた。「はあい」と返事をして開けると姉が立っていた。

姉は姪と手を繋いでいる。部屋着のままの私を一瞥し、姉は一瞬にやりと笑ったように感じた。

「奈月ちゃん？　誰かお客さん？」

台所から顔を覗かせた由宇は、姉を見て、一瞬でそれとわかったらしく、表情を強張らせた。

「おはようございます、由宇くん。久しぶり。貴世よ。覚えてる？」

「……はい、お久しぶりです」

「なんだか、あなたたちが予定より長く滞在することになったみたいで、母もいろいろ言うし、心配になって様子を見に来たの」

姉は何かに酔ったような話し方をしていた。何かのドラマを見過ぎてその真似をしているのではないか、と思ってしまいそうなほど、姉の喋り方はわざとらしく、演技的だった。

「ああ、お義姉さん！　お久しぶりです！」

夫が居間から姿を現し、姉以上に芝居がかった大声をあげた。

夫は姉を嫌っていた。

姉は、大人になり「工場」に救われた人間の一人だった。子供時代、うまく世間に馴染めなかった姉は、工場の道具になることで救済され、熱狂的な「工場」信者へと成長していた。

夫はいつも陰で、「工場の人間の中でも、あの人は特に薄気味悪い」と悪口を言っていた。

姉を居間に通し、お茶を淹れた。そろそろ小学校にあがる姪は、楽しそうに家の中を走り回っている。

「いつまでもここにいるつもりじゃないんでしょ？」

昼食はもう食べたと、由宇が出したおやきには手をつけずに、姉が私に言った。

「そのつもりだけど……」

「あんまり夫婦で長居して、由宇くんに迷惑をかけないようにね。昔みたいに由宇」

姉の言葉に由宇は青ざめていた。

「早く家に帰って二人きりの生活に戻らないと。ねえ、智臣さんもそう思うでしょう」

「はあ……」

夫は上辺を取り繕うのも面倒になったのか、生返事でおやきにかぶりついた。

「まあ、今日は様子を見に来ただけだから。お母さんも心配していたのよ。よりにもよってねえ、由宇君が住んでいるこの家で夫婦でお世話になるなんて」

「すみません。僕が、その間ここをあければよかったのですが」

私も夫もぼんやりと聞き流しているせいか、由宇が急いで姉に謝罪した。

「由宇くんのせいじゃないわよ。村の人になにか言われたりしていない？　迷惑かけていないか心配で」

姉は、姉自身が喋っているのではなく、世界から喋らされているような口調で話す。私は、そういう姉がうらやましかった。

姪が家の中で遊ぶのにも飽きはじめたころ、姉が「そろそろ帰るわ」と立ち上がった。

「もっとゆっくりしていかれたらどうですか？」

素早く立ち上がって玄関へ続く襖をあけ、うれしそうに姉を外に導きながら、夫が言う。姉の靴を並べて急かすようにしながら、「残念だなあ」と繰り返してみせた。

「また来るわね」

夫に嫌われていることは重々承知しているらしく、追い出すような夫の行動を特に咎めることもせず、姉は家を出ていった。

私は姉の車を見送りに行った。

「あの山道、運転してきたの？」

「そうよ」

「お姉ちゃん、運転上手だったんだね、昔はあんなに車酔いしてたのに」

「ねえ、駅前のビラ配り、また話題になってるの、知ってる？」

あまりに脈絡がなかったので、一瞬、姉が何の話をしているのかわからなかった。

「この前、隣町で高校生の男の子が惨殺されて、犯人が逮捕されたでしょ。その事件と類似性があるって、伊賀崎先生の事件もワイドショーで取り上げられたのよ。二十年以上も前のことなのにね。それをきっかけに、またご両親がビラ配りを始めたみたい。ご遺族もねえ、普通、あんな事件があった家、引き払うと思うんだけど、引っ越さないのよねえ。町内会で話題になってたのよ。もしかしたらご両親が犯人で、証拠を隠してるんじゃないかなんて噂もあるみたい。ひどいわよねえ」

「へえ……」

「あんたもビラ、配ってたわよね？　手伝ってあげたら？」

「……考えてみる」

姉の乗った車は遠ざかっていった。

のろのろと母屋に帰ると、夫が仏壇の部屋で叫んでいた。

「あああ！　ついにきたんだ、あいつらが！」

夫は私の布団を踏んで転びそうになりながら、私の両肩をつかんだ。

「あいつは工場に完全に洗脳されている。僕はまた、僕のものじゃなくなるんだ！　あいつらのせいで！」

「落ち着いて。智臣くん、お姉ちゃんは私たちを無理矢理連れ戻すことはできないし、今はああしてさりげなく圧力をかけてくることしかできないんだから。まだ十分、ここでのんびり過ごしていられるよ」

「見たか、あの女の目を!? 狂ってる。まるで僕たちを罪人のような目で見て、『今なら許してあげる』と言わんばかりだ。何で僕が、僕であることを許されなければいけないんだ。まっぴらだ！」

夫の興奮ぶりに呆然としていた由宇が、やっと我に返ったように、夫の背中に手を置いた。

「落ち着いてください。さあ、冷えて来たし、こたつに戻りましょう」

「そうですね……」

俯いた夫を慰めながら、由宇は何かを考えている様子だった。


その日の夜、夫が風呂に入っているとき、縁側で星を見ていると、由宇が障子をあけて私に声をかけた。

「そんなところにいて、寒くない？」

「湯たんぽ抱いてるからへいき」

「そう」

由宇は私の横に腰を下ろした。由宇は夫の姿が見えないときは、極力私とは違う部屋にいるようにしている。珍しいな、と思った。

「あの……僕がこんなことを言うのはおかしいかもしれないけれど。智臣さんは、僕たちの子供の頃のこと、知ってるの？」

「私たち、あんまり過去の話をしたことないの。智臣くんは、パートナーだけれど、友達というわけではないから」

「パートナーなら、話しておいたほうがいい。後で知ったら、誤解を招くし、智臣さんが傷つくかもしれない」

「誤解って、どんな？」

私の言葉に、由宇は戸惑ったようだった。

「僕と奈月ちゃんが……その、関係があるっていうふうに」

「由宇、なんだかテレビドラマの人みたい。関係があるって、いとこなんだから当たり前なのに」

「これはドラマじゃない、現実だよ。もし誤解されたら、奈月ちゃんだって、君たちのいう『工場』からもっと疎外されることになる。倫理に反するものは処罰される」

「智臣くんは大丈夫だよ。私以上の、ポハピピンポボピア星の信者だから」

由宇は溜息をついた。

「奈月ちゃん。僕たちはもう子供じゃないんだから、そんな滅茶苦茶な理屈は通用しないんだ。もっとちゃんとしないとだめだよ。大人として、きちんと問題と向き合うんだ」

「問題ってなに？　ちゃんとするって？　私、ちゃんと由宇に説明したよ。私と智臣くんのこと、ちゃんと由宇に伝えたのに。由宇には聞こえないんだね。世界の音のほうを聴いているから。私たちがいくら喋っても、由宇の中でそれはがらくたで、意味をもたないんだ」

私は由宇を見上げた。由宇は私より少し背が高くなっていた。

「いいなあ。由宇はきちんと洗脳されたんだね。私も早くそうなりたい。私は智臣くんみたいに、『宇宙人の目』に憧れてないんだ。はやく、『地球星人の目』を手に入れたい。そうしたら、きっとすごく楽になれるのに」

由宇は溜息をついた。

「……奈月ちゃんは、子供のころとまったく変わらないんだね。本当に冷凍保存されてるみたいだ」

由宇は私を軽蔑している。けれど、私にも、どうすることもできないのだった。「宇宙人の目」は、私にダウンロードされてしまった。その目から見える世界しか見ることができない。私だって、「工場」の一員になってしまったほうがずっと楽だとわかっていた。

「明日、智臣くんに話してみるよ。そんなに由宇が言うなら、ちゃんと地球のルールに従う。私は反逆者なわけじゃない」

由宇に告げて、湯たんぽを強く抱きしめた。腕の中からは生ぬるい温かさしか伝わってこなかった。


話があるからあとで時間が欲しい、と翌日の朝食のときに夫に切り出すと、僕もだ、と夫がうれしそうに、私と由宇に告げた。

「僕は、祖父とセックスしてみようと思うんだ」

由宇がむせて、口の中の味噌汁をこたつの上にまき散らした。

「どうして？」

由宇に布巾とティッシュペーパーを手渡しながら、私は夫に訊ねた。

「人間はあんまり近親相姦しないだろ。タブーだ。だからそれをすることで一歩、洗脳から解放されることができる」

「うーん、そうかなあ……」

夫の着想は、人間の価値観に起因していて、かえって人間らしい発想だとしか思えなかった。

「とりあえず、殺人以外のタブーで、一番人間がやらなさそうなことにしてみたんだ」

「ちょっと待ってください」

由宇が慌てた。

「何を言えばいいんだろう……とにかく、合意の上でない性交は犯罪ですよ」

「大丈夫だよ。智臣くんのお祖父さんは、植物状態で、入院しているの」

「ますます駄目だ！」

「なんで？」

私は由宇の目を見た。

「由宇、そんなことは、目に見えないだけで、世界中で起きていることだよ。世界中で今もだれかが道具にされてる。今日もそれがまた起こる。それだけのことだよ」

「奈月ちゃん、それは犯罪だよ。異常だ」

「それがなに？　大人は異常を無視するのが仕事でしょう？　いつでもそうじゃない、なんで今だけ善人ぶるの？　由宇は『普通の大人』なんでしょう？　無視すればいいじゃない、『普通の大人』らしく」

私は夫が犯そうとしている犯罪について何も言うつもりはなかった。夫がそんなに宇宙人になりたいならなればいいし、その精巣で誰かを傷つけたいならそうすればいいと思った。もし実行したら、少なくとも化け物にはなれるだろう。考えようとすると手が震え、右耳の中から蝉の声に似た、電子音のような音が鳴り響いた。

夫は、

「確かに、由宇くんのいうことにも一理ある。よく考えたら、犯罪にならないというわけではなかった。祖父は気が付かないから立件できないというだけだ。僕が悪かった」

と言った。私は指先が震えるのを感じながら淡々と夫に言った。

「どうして？　犯罪ってなに？　地球星人はいつもそれをしてるじゃない。いつも、平然と犯罪は行われているじゃない」

「それを言われると困るなあ。奈月さんは、さすがポハピピンポボピア星人だよ」

夫が言った。

「母は介護で忙しくてそんな時間はなさそうだし、兄と近親相姦してみるよ。もちろん合意になるように、きちんと説明するよ」

「待ってください、そんなことをして何になるんですか？」

夫は不思議そうに由宇を見た。

「何って、宇宙人になるんですよ。何度も説明したじゃないですか」

「そんなことをしても、僕たちが人間であることを覆すことはできない」

「それはやってみないとわかりませんよ。とにかく、チャレンジをしたいんだ。僕は『工場』に引き戻される前に、人間であることを捨てたい」

夫は私に視線をよこした。

「僕ばかり話してごめんね、奈月さんの話はなに？」

「ええと、私と由宇は、小学校のころ、自分たちを恋人同士だと思っていて、セックスをしたことがあるの。こっそり結婚式もした」

「そんなことか」

夫は溜息をついた。

「そんなことを気にするなんて、奈月さんは本当に『工場』に洗脳されつつあるんだな。がっかりだよ」

「あの……僕が奈月ちゃんに話すよう言ったんです、ごめんなさい」

由宇が慌てて私たちの会話に割り込んだ。

「誤解があったら大変だと思って……」

「大変……？　そうですか……僕からみると、大変なのはあなたですよ」

夫は心配そうに由宇の顔を覗きこんだ。

「せっかく、『工場跡地』で暮らしているのに、君はまるで『工場』に呪われているようだ。でも大丈夫、君にもいつか、『宇宙人の目』がダウンロードされるときがくる」

「宇宙人の目……」

由宇は眩しいのか、夫を嫌悪しているのか、眠いのか、目を細めて夫を見つめた。

夫は茶碗を持ったまま、由宇に優しく告げた。

「そうです。そのときこそ、君は本当の世界を見ることができるんだ。脳に汚されていない、君の目が本当に見ている純粋な世界を。その光景こそ、僕たち夫婦からあなたへの、最大の贈り物なんです」

由宇は反論しようとしているのか、口を開いたが、夫の視線の強さに呑まれたように、そのまま言葉を発することなく、ぼんやりと宙を見ていた。

「由宇さんに僕は心から感謝しているんです。ここに来て、僕たちを匿《かくま》ってくれて本当にありがとうございます。僕は御礼がしたい。せめてそれまで、『工場』に連れ戻されずにいられるといいのですが……」

夫は茶碗を置いて、私と由宇を交互に見た。

「とにかく、僕は週末、実家へ行ってきます。家族の誰かと性交をしてくる。もちろん合意で、誰も傷つけずに。もしも僕が近親相姦に成功したら、祝ってほしい。二人に祝福してもらえたら、僕はとても幸せな気持ちになれると思う」

私は、「わかった」と頷いた。夫の穏やかな説明を聞いても、指先の震えは止めることができなかった。

私はその夜、なかなか寝付けずにいた。右耳の中では、まだ電子音が鳴っていた。

中学生になっても、高校生になっても、私の「口」は壊れたままだった。味がしないので何を食べてもおいしくなく、げっそりと痩せていた。

周りの皆がだんだんと「人間工場」の部品として作動し始めていく中、私はぼんやりと取り残されていた。

「人間工場」に、みんないつの間に洗脳されるのだろう。みんなが「恋」に憧れ、それにふさわしい女の子になるために努力し始めた。それが一斉に起きることが、なんだか薄気味悪かった。

「どうして？」

たまに、そう尋ねられるようになった。好きな子がいるかと聞かれて、いないよと答えたときだ。女の子たちはみんな恋の話が大好きだったし、それをいつまでもしない子がいると気遣われた。

私は告解するための「教会」を探していた。身体の中の言葉を全部取り出して見せる相手が欲しかった。異性ではなく同性を選んだのは、単に口をきいたことがある男性がほとんどいなかったのと、わかってもらえるわけがないと感じていたからだった。私は早く、私の体の中の言葉を埋葬したかった。

高校生のころ、勇気をだして、友達の佳苗ちゃんに相談したことがある。佳苗ちゃんとは、地元も高校も同じで、仲がよかった。静ちゃんと違って塾が違うので私の話を色眼鏡なしに受け止めてくれる気もした。

「佳苗ちゃん、あの、小学校の頃、駅前の塾の先生が殺された事件、覚えてる？」

「え、ああ、あのかっこいい先生ね。私は塾違ったけど、覚えてるよ。かわいそうだったよねえ」

「私、あの先生の塾だったの」

「そうなんだ。あの塾の子って、みんな仲良かったよね。みんなでビラを配ったりして、えらいなあって思ってたよ」

「でもね、先生、あの、ちょっと変なところがあって……亡くなった人のこと、わるく言うのはよくないっておもうんだけど……」

「変って？」

「ええと……」

私は勇気を出して、先生の話をした。生理用品の話と口に入れられた話をできるだけオブラートに包みながら話すと、佳苗ちゃんは顔をしかめた。

「え、なにそれ、どういうこと？　彼氏だったってこと？　小学生と大学生で？」

「え、いや、違うよ。そうじゃなくて……ええと、痴漢みたいな人だったの」

佳苗ちゃんは噴き出した。

「まさかあ。自意識過剰なんじゃない？　だってその時、小学生でしょ？　あの先生、ニュースで写真見たけど、すごいモテそうな人だったし。妄想なんじゃない？　奈月ちゃんみたいなタイプを相手にするようには思えなかったけど」

「違うよ。そうじゃなくて、すごく嫌だったの」

「嫌ならそういえばいいじゃん。断れないのが悪いんじゃない？　そもそも、嫌いなら、家に行ったりしなければいいじゃん」

「そうだけど、でも……」

「もし本当だとしても、結局、格好いい人だからわざと隙を見せたんでしょ？　それって合意じゃん。なんで悲劇のヒロインぶるのか全然わかんないんだけど」

「違うよ、そうじゃなくて」

佳苗ちゃんは大きなため息をついた。

「あのさあ、じゃあなんて言ってほしいわけ？　なんで私にその話したの？　意味わかんないし、ドン引きなんだけど」

佳苗ちゃんの言葉を聞いて、大変だったね、と私は誰かに言ってほしかったのかもしれない、と思った。

佳苗ちゃんに距離をとられるようになったのは、翌日からだった。

「あの子、嘘つきだから」

そう陰で言われていると、別の友達が教えてくれた。

大学生になって、友達の美穂からいつも電車で痴漢にあうと打ち明けられたときが、二回目のカミングアウトだった。今度は用心深く、自分と同じ被害者を「教会」に選んだ。

佳苗ちゃんのように嘘だと思われないか心配だったが、勇気を出して、今度はあまりオブラートに包まず、犯罪行為だということを強調して話した。先生が死んだことなど、相手に同情がありそうな情報は伏せて、自分が同情してもらえそうなエピソードだけを慎重に選んで話した。

嘘はついていないが、美穂は先生のことを美しい大学生の青年ではなく、太った醜い中年の男性だと思ったらしかった。それは「かわいそうなストーリー」としてはとてもわかりやすかったので、美穂は、佳苗ちゃんと違ってとても同情してくれた。

「何それ、超きもい、そのおやじ。信じられない。犯罪じゃん。奈月、かわいそう」

私は憤ってくれたことにほっとした。

しかし、大学二年生になり、三年生になっても、ほぼ男性と口をきこうとしない私を、今度は違う形で心配するようになった。

「あのさ、昔のことが辛かったのはわかるけど。それじゃ、相手の思うつぼだよ？　幸せになるのが何よりの復讐だって、よく言うじゃん。いつまでも暗くしてたらさあ、そのオッサンが喜ぶだけだって」

「うん」

私はそうだね、わかった、というばかりで、男性と話そうとはしなかった。

「あのさ、こんなことというのはあれだけど、最後までされたわけじゃないんだよね？　それなのにいつまでも被害者でいるのって、どうかと思うけどな。私だって、痴漢、何度もされたことあるし、嫌だったけどさ。そんなのって、みんな我慢してることじゃん？　それだけで一生だれとも付き合えなかったらさあ、人類滅んじゃうと思うんだけど。私の友達とか、痴漢にもっとひどい目にあった子いくらでもいるけど、普通に彼氏いるし。みんな、ちゃんと忘れて前向きに生きてるよ？　奈月だけだよ、それくらいのことで大学生になっても男の子と話すことすらできないなんて。ちょっと変だよ」

美穂の言うことはもっともなのかもしれないが、私は笑うだけで返事はしなかった。

ある日、美穂に呼ばれて待ち合わせ場所にいくと、そこには美穂だけではなく、男の子が一人いた。

「この人は誰？」

尋ねた私に、「奈月に紹介しようと思って」と美穂が笑った。

「ごめんねこの子、ちょっと男性恐怖症みたいなとこあってさ。でも、ほら、清純派がいいって言ってたじゃん？　だから二人が付き合ったらちょうどいいかなって思って」

男の子は私が美穂を見つめて微動だにしないことにおびえた様子だった。

「この人は誰？」

私は繰り返した。私は美穂のことが誰だかわからなくなっていた。美穂が何故そんなにはしゃいでいるのか、どうして私と誰かをセックスさせずにはいられないのか、私にはわからなかった。

私はその場から立ち去った。「確かに、中古より処女がいいって言ったけど、あれはないっしょ」と美穂に言う男の子の笑い声が聞こえてきた。

私は、「人間工場」の道具としての務めを果たせない自分を感じていた。ポハピピンポボピア星人だから、地球星人のすることは理解ができないのかもしれなかった。地球では、若い女は恋愛をしてセックスをするべきで、それをしていないと「寂しくて」「つまらない」「あとで後悔をする」青春を送っている、ということにされてしまう。

「取り戻さないとだめだよ」

美穂はいつも私に言っていた。欲しくないものをなぜ取り戻さないといけないのか理解することはできなかった。

もうすぐ「工場」へ出荷される私たちは、着々とそのための準備をさせられているのだった。先に出荷の準備がされた者は、まだ準備ができていない人間を「指導」する。私は美穂に「指導」されたのだった。

地球星人のすることはわからない。でも、もしも私も地球星人だったら、美穂のように、ごく自然に、遺伝子に支配されていたかもしれない。

それはきっととても平穏で、疑いのない生活なのだろう。

クリスマスが近い季節で、街には緑や白のツリーが並んでいた。

世界は恋をするシステムになっている。恋ができない人間は、恋に近い行為をやらされるシステムになっている。システムが先なのか、恋が先なのか、私にはわからなかった。地球星人が、繁殖するためにこの仕組みを作り上げたのだろう、ということだけは理解できた。

電車に乗ってニュータウンの駅に着き、改札を出ると、駅前の大通りで、先生の遺族がビラを配っていた。

その悲痛な表情と、「なんでもいいから情報をください！」という叫びを無視して、人々は歩いている。みな、扱いに困ったという様子で、さりげなくビラを差し出した年老いた手を回避していた。事件の当時はあんなに同情されていたのに、今は、ビラを配り続ける先生の両親は、街の異物として、迷惑そうに扱われていた。

私はそっと先生の両親から目をそらして、見つからないように自分の家へとむかった。

自分の遺伝子を継いだ生物が殺されたことは、人間をとても興奮させる。あの日からずっと、先生の遺族は哀しみと怒りに突き動かされ続けている。

駅前は私が子供のころとちがって、ショッピングモールやアウトレットショップができてにぎわっていた。クリスマスの装飾が施され、たくさんの家族や制服姿のカップルが手を繋いで歩いていた。

「工場」は、「恋愛」がどんなに素晴らしいか、そしてその末に人間を生産することがどんなに素敵か、どんどん力をこめて宣伝しているようだった。

この巨大な「人間工場」のための子宮は、私の下腹のなかですでに完成されていた。この臓器を「工場」のために使っているのだというふりをしないと、糾弾されはじめる年齢になろうとしていた。


翌朝、物音がして目を覚ますと、夫が身支度を整えて出かけようとしていた。

「朝ごはん、食べていかないの？」

「いや、一泊で帰ってくる予定だからね。タクシーを呼んでいるんだ。なるべく早く、達成して戻ってくるよ」

「そう。がんばってね」

夫が出かけていったところで、由宇が二階から降りてきた。

「智臣さんは？」

「もう出たよ」

「え、もう!?　僕が車で送るって言ったのに」

「ちょっとせっかちなところがあるから」

由宇は溜息をつき、「じゃあ、僕も朝ご飯を食べたら出るよ」と言った。

「どこに行くの？」

「今夜は、山を降りて旅館に泊まるよ」

「え、どうして？」

由宇は、「まさか、僕たちが二人でここに泊まるわけにはいかないことくらい、わかるよね」と言った。

由宇には私の言葉も夫の言葉も届かない。ただ、世界の声に従っているのだった。由宇の潔癖さが、私には洗脳が完成している証明のように思えて、羨ましかった。

「私が泊まろうかな、居候だし……」

「奈月ちゃんは運転ができないでしょ。バスは一日一本しかないし、僕がいくのが一番手間が少ない」

由宇は億劫そうに言って、洗面所へと向かった。

夫婦で迷惑をかけて申し訳ないと、せめて朝食の準備をしようと台所に行きかけたところで、表から車の音がした。

夫が何か忘れ物でもしたのかと、様子を見に行くと、見覚えのないオレンジ色の車が停まっていた。

中から、日に焼けた男性が出てきた。

私の姿を見て、怪訝な表情で近づいてくる。

「陽太くん？」

その顔をみて、ぽんと名前が出た。てるよしおじさんの長男で、いつも秋級で一緒に走り回っていたいとこの一人だ。

「……奈月か？」

陽太は驚いた顔でいい、私は頷いた。

「ここで何してるんだ？」

「夫と一緒に泊まりにきてるの」

「由宇は？」

「中にいる」

表情を曇らせた陽太に、玄関から出てきた由宇が声をかけた。

「陽太、来たんだ」

由宇はほっとした様子だった。

「ちょうどよかった。朝食、食べていかない？　僕は食べたら出るから」

「いいけど、奈月の夫って人は？」

「少し東京に用があって、さっき出たところだよ。だから今夜は、僕は山を降りて旅館に泊まろうかと思って」

「そうだな。しかし、夫っていうのも非常識な人だな。いとことはいえ、二人きりにして出かけるか、普通？　夫婦で一緒に行動すればいいだろう」

「そうだよね。僕もそう思う」

由宇は安堵したように言った。

由宇は、陽太の常識に心の底から共鳴しているようだった。同じ常識を持った人間にはこんなにも心を開くものなのかと、今までとは打って変わってリラックスした様子の由宇を見て思った。

近親相姦などの過激な言葉を「仕事」などほかの単語に置き換えて由宇が上手に説明すると、不可解そうにしていた陽太も一応の納得がいったようだった。

「まあ、そういう事情ならしょうがないか。由宇、俺の家に泊まるか？　わざわざ旅館に金払うのも、勿体ないだろ」

「そうさせてもらおうかな」

陽太は、上田の方で奥さんと子供と一緒に住んでいるらしかった。

陽太はきちんと「工場」の部品として作動しているんだなあと私は感心した。

「さっきは、きつい言い方して悪かったな。……あれ以来、夏に親戚でここに集まることもほとんどなくなってさ。俺はなんも知らなかったからさ、寂しかったんだよ。ばあちゃんが死んだときはさすがにみんな揃ったけど、奈月は来なかったろ。何でだって言ったら、親父に、お前ももう大人だからって、じいさんの葬式の夜の話、聞かされてさ。びっくりしたし、正直、気持ちわりいって思った」

陽太の話を、由宇は横で頷きながら聞いている。自分が気持ち悪いと言われているのに、どことなく嬉しそうだった。私と夫と一緒にいるときの、不安げな表情は消え失せて、自信を取り戻したように見える。常識は伝染病なので、自分一人で発生させ続けることは難しい。由宇は、陽太に会って久しぶりに、自分と同じ常識を供給されたのかもしれなかった。

「由宇が住み始めてから様子が気になってたまに来てたんだけどさ。奈月とは久しぶりだったし、なんだか昔のこと思いだしして、神経質になっちまった」

「わかるよ」

相槌をうちながら、由宇がいそいそと陽太のお茶を注ぎ足した。

「お前たち、一度も会ってなかったのか？」

「あの日以来、連絡もとってなかったよ」

由宇が即座に答え、陽太がしみじみと言った。

「そうだよな。あれ以来、由宇のかあちゃんもめっきり顔を出さなくなったし。ほとんど勘当されてたって話だしな。おれも、由宇のかあさんの葬式に行くまで、自殺だってことすら知らされてなかったし」

「自殺で亡くなったの？」

姉からは死因までは聞かされていなかったので、驚いた私に、「知らなかったのか」と陽太が私の顔を見つめた。

「お前、何も知らされてないんだな」

「……うん」

「あれ以来、親戚はみんなバラバラだよ。本当に、僕たちは間違っていたと思ってる」

由宇が呟いた。

「……間違っていた。そうなんだね、由宇の中では」

「誰の中でもそうだよ」

由宇は真っ直ぐにこちらを見た。

「僕たちは間違えたんだ」

何か言い返そうと唾を呑みこんだ私と、こちらを睨んでいる由宇の間を遮るように、陽太が明るい声をあげた。

「しかし、ばあちゃんちも古くなったなー。仏壇の部屋、畳が傷んできてるんじゃないか？」

「そうだね。この居間に、いとこが何人も揃って遊んでたなんて、信じられないな」

「うん、信じられない」

私も由宇も頷いた。

「夏はいつも、庭で花火したよね。何だか、夢みたいだなあ」

由宇も記憶をたどるように目を細めて、

「陽太は二本持って、よくおじさんに叱られてたね」

と言った。

「俺はさ、線香花火とか、ああいうのは嫌いなんだよ。父さんがいつも大きいの打ち上げてくれたよな」

「パラシュート、陽太と取り合ってケンカしたことあったなあ」

私たちはそれぞれの記憶の話をしていた。過去の世界で私たちは確かに皆そろってこの縁側で、いつもスイカを食べていた。それは、もう今はどこにもない光景なのだった。


三人で朝食を食べ、陽太と由宇は車で山を降りていった。

陽太は私に気を遣って、

「この家に一人じゃ寂しくないか？　奈月も来るか？　女房の部屋で寝ればいいし」

と言ってくれたが、「旦那さんの許可もなく、そういうのはよくないよ」と由宇が制した。常識に守られると、人は誰かを裁くようになる。凛として私を睨む由宇に、私は「ここで一人で眠る」と頷いた。


夫が帰ってきたのは、翌日のお昼すぎだった。

こたつでだらだらと過ごしていると、戸が開く音がして、青ざめた夫が玄関に立っていた。

「智臣くん、おかえり。どうだった？」

「追われてる。すぐにどこかに隠れないと」

震える夫から事情を聞くまえに、外から車の音がして、「ひっ」と夫が悲鳴をあげた。

夫を台所に隠して外に出ると、追手ではなく由宇の車だった。由宇はのんびり車から降りてきた。

「智臣さんらしいタクシーを見かけたけど、もう帰ってる？」

「それが……」

説明する前に、外からまた車の音がした。おそるおそる見に行くと、今度は黒い大きな車だった。

車から真っ黒な影が降りてきた。私は由宇の手をひっぱり急いで家の中に戻り、鍵を閉めた。

「どうしよう、由宇。智臣くんを『工場』の使者が追いかけてきた」

「使者……？」

夫は台所で蹲っている。

やがて戸の磨《す》りガラスの向こうに大きな黒い影が現れた。

「智臣！　出てこい、いるんだろう！」

由宇が私に耳打ちした。

「誰なの？」

「智臣くんのお父さん」

由宇は目を丸くした。

「それじゃあ、お迎えしないと。追い返すわけにはいかないよ」

由宇は「すみません、僕はこの家に今住んでいる者です」と戸に向かって声をかけ、「今開けます」と戸を開いた。

玄関の前には、首も顔も怒りで赤黒く染まった舅《しゅうと》が立っていた。

「失礼ですが、息子はいますか？」

舅はどんどん家の中に入ってきて、「智臣！」と叫びだした。

やがて、台所から夫が引き摺り出された。

「馬鹿息子が！」

なんだかドラマみたいだなあ、と私は夫が殴られている様子を眺めていた。

子供のころ、ホームドラマを見て、それがどれだけ深刻な話であっても、笑ってしまうことがよくあった。こうして実際に本気で目の前でそれを演じている、信じ切っている姿を見ると、私は笑ってしまいそうになるのだった。

「お父さん、とにかく落ち着いてください」

必死に止めようとする由宇も、いい役者だった。舅が繰り広げるホームドラマにすっかり溶け込んでいる。

「やめてくれ、助けてくれ！」

夫が悲痛な叫び声をあげる。由宇が舅の身体を押さえ、夫が私の足元に逃げてきた。

私は夫に訊ねた。

「本当に助けてほしい？」

玄関には草刈り用の鎌があった。

「ねえ智臣くん、本当に私に助けてほしい？　それなら私、全力で智臣くんを助けることができるよ」

私の視線の先に気が付いたらしい夫が、急いで首を横に振った。

「いや、本当には助けないでほしい」

「そう。わかった」

頷く私の目の前で夫は再び由宇の手を振り払った舅に捕まり、「やめてくれ、助けてくれ！」とホームドラマを演じ始めた。「この大馬鹿者が！」舅はのめり込んで台詞を叫び、夫を殴りつづけた。

私の足元に、夫の歯が飛んできた。それは血に濡れていた。私は血だらけの歯を拾い上げ、ポケットに入れた。

夫の横で、由宇は必死に、「やめてください」「落ち着いてください」と縋《すが》りつづけていた。私よりずっと、夫の妻のようだった。

舅の話では、夫は本当に、実の兄の家へいき、神妙な様子で自分と近親相姦をしないか、と持ちかけたらしい。恋愛感情などではなく、近親相姦をすることで自分は人間ではない何かになれるのではないかと、必死に説明したそうだ。

義兄は夫がなにか悪い宗教にでもはまっているのではないかと考え、iPhoneでそっと会話を録音しながら、その場ではなだめて食事をご馳走した。酔った夫がソファで眠ったところで舅に会いに行き、弟がおかしくなったのではないかと相談した。何も知らずに眠っていた夫は、怒り狂った舅から電話でたたき起こされ、慌てて新幹線とタクシーで秋級へ逃げたのだという。舅は私の両親経由で秋級の住所を手に入れていて、夫はたやすく追いつかれたのだ。

私と夫は、そのまま引き摺られて、舅の車に乗せられた。

「いい年をした大人が二人して、情けない」

舅は苛々とアクセルを踏み込んだ。

まるであの夏の日のように、私は「工場」へと連れ戻されていった。正常な人達は、再び私をあの街へと運んでいった。

ふと窓の外を見ると、土蔵の前で立ち尽くす由宇の姿があった。

由宇はぼんやりと、口を開いたまま、こちらを見ていた。車が走り出し、由宇の姿はどんどん遠ざかっていった。

6

「工場」に連れ戻された私たちを待っていたのは、尋問と取り調べの日々だった。

夫の両親と、私の両親が連絡を取り合い、まずはそれぞれが実家に引き戻され、バラバラになって尋問を受けた。夫は東京の成城の家へ、私は千葉のニュータウンの実家へとそれぞれの両親に連行された。

いよいよ洗脳してもらえるのか、という気持ちもあったが、夫のことを考え、私は黙秘を貫いていた。毎日、母と父、実家に頻繁に立ち寄る姉が私を探ろうとしたが、私は口を開かなかった。

「奈月はこうなると頑固だからねえ……」

母は溜息をついた。

取り調べが始まって一週間ほどたった夜、

「たまにはお酒でも飲まない？」

と薄気味悪いなれなれしさでブランデーの瓶を持ちだしたときも、

「いや、いい」

と断った。

「そう言わないで、たまには女同士、飲みながら話しましょうよお、ね？」

母が飲酒しているのを見る機会はあまりなかったが、ブランデーをロックで飲み始めたので、実はお酒には強いのかもしれなかった。

私もしぶしぶ母の置いたグラスに口をつけた。味はしなかったが、ひんやりとした氷の感触は好きだった。しばらくしたあと、母が突然言った。

「あのね……向こうのご両親とこの前、会って話したんだけれど、あなたと智臣さん、『仲良し』していないんだって？」

私は驚いた。

私と夫の特殊な結婚生活について、夫が口を割るとは思っていなかったからだ。

「駄目よお、そういうのは夫婦にとっては大切なことなんだから。たくさん『仲良し』したあとで、セックスレスになる若い人がいるっていうのはね、お母さんもテレビで見たことがあるんだけどね。あなたたち、一度も『仲良し』してないんでしょお？」

かたかたと音がして、ふと見ると、グラスが揺れていた。私は、自分の指先が振動するのを、不思議な気持ちで眺めていた。

「『仲良し』するのも妻の務めなのよお。智臣さん、なかなかお仕事が続かないでしょ？ そういう意味でも奈月ちゃんが支えないと、ねえ？ 夫婦なんだから」

私の身体は私のものではない。「工場」の道具としての役目を、私はずっとこっそりとさぼりつづけていた。そのことを、糾弾されるときがきたのだと思った。

いつか、地球星人に寄ってたかって洗脳される日が来ることを諦めと共に待ち望んでいた。けれど、そのときがこんなに早く、こんな形でくるとは、想像していなかった。

夫に会って話したいと言うと、母は嬉しそうに言った。

「そう、そうよねえ？　もう一週間もバラバラに暮らしているんだものね。会いたいわよねえ、夫婦なんだから」

母は私の背中を撫でた。

「いい？　お母さんの言ったこと、わかったわよね。ちゃんと『仲良し』するのよ。智臣さんは奥手だからね、奈月ちゃんのほうからちゃんと導いて、教えてあげないとね。手ほどきしてあげないといけないのよ。あくまでさりげなく、ちゃんと智臣さんのプライドを傷つけないように、賢くね。それが可愛い妻の務めよ」

翌日、成城にある夫の実家に行き、チャイムを鳴らすと、姑が笑顔で迎えてくれた。

「あら、奈月さん。連絡は受けてるわ。今夜はここに泊まって、明日二人でお家に帰ったらいいわ」

居間に通され、姑とお茶を飲んだ。

「あの、智臣さんは……？」

「ああ、ちょっとね、会うと驚くかもしれないから……」

居間の襖が開いて、舅が姿を現した。

後ろから、夫が現れた。夫は大分殴られたらしく、顔にも、腕にも痣を作っていて、頭は坊主に刈られていた。

舅は不機嫌で、私を一瞥すると、

「来たのか」

と言った。

「まったく、智臣もあなたも、どうかしている。行為すらしていないとは。石女《うまずめ》より酷いな」

「あらいやだ、お父さん、そういう言葉、今では差別なのよっ。奈月さんは私たちより若い世代の新しいタイプの女性なんだもの。ちゃんとそういうところを気遣わないと。ねえ？」

舅にお茶を淹れながら、姑が私に微笑みかけた。

「知るか。義務も果たさず権利を主張する人間が、俺は大嫌いなんだ」

舅は苛々していて、姑の淹れたお茶も「苦い。淹れなおせ」と顔をしかめた。

姑は苦笑いして急須に新しいお湯を入れながら、

「そんな言われ方したら、奈月さんだって頑なになっちゃうわよ、ね？」

と私の顔を見つめた。

「お前たち、とにかく子供を作れ。関係が持てないなら夫婦関係は解消しろ。異常だ、お前たちは」

坊主にされた夫が、

「そんなの、僕たちの自由だ」

とか細い声で言った。

姑が溜息をつき、

「あのね？　智臣ちゃん。『仲良し』をたくさんしてから、家族みたいになって、夫婦関係が冷えて外で浮気をするようなことなら、昔からたくさんあったわよ？　浮気は男の甲斐性、お父さんだっていろいろあったもの。でもねえ、最初からそういう行為がないってね、そんなのは、夫婦じゃないわよ？」

「ロサンゼルスでは、夫婦関係がないのは離婚の立派な理由になるんだぞ。カウンセリングでも受けてみたらどうだ」

なぜ突然ロサンゼルスが出てきたのかわからないが、舅は真剣な顔で、姑が新しく淹れたお茶を啜っていた。

「そうよ。奈月さんもね、うちにお嫁に来てくれたんだから、きちんと『妻』としての勤めを果たしてくれないと、困ります」

夫は「あなたたちは狂ってる」と呟いて俯いた。

夜、トイレに起きると、舅と姑が話しているのが聞こえた。

「あの女は、あの年で生理は来ているのか？　もうあがってるんじゃないのか？」

「えー、お父さんったら。生理はまだ大丈夫よ。まあ、初産にはすこし年をとってるけどねえ」

「別れさせて、新しい女をあてがったほうがいいんじゃないか？」

「でもねえ、智臣ちゃん、昔から難しい子だったから。奥手だしねえ、まあ、一年くらいは様子をみてからでもいいんじゃないかしら。それで妊娠しなかったら、それから考えればいいわよ。女とちがって男は年をとってからでも相手が若ければ大丈夫なんだから」

ここまで道具扱いされると、少なくとも愛や恋の話をされるよりも明快で、かえって腹は立たなかった。むしろ、普段、薄気味悪いオブラートに包んでいるだけで、結局は人間工場の奴らの目的は人間を生産することに尽きるんじゃないかと、本性を現した舅と姑にざまあみろという気持ちにすらなった。

舅と姑の態度に心を痛めていたのは夫のほうで、朝食のときも、夫は一生懸命に私を庇っていた。

「奈月さんは、特別な人なんだ。こんな人は地球にただ一人なんだ」

「まあまあ、随分惚れ込んでるのねえ。まあ、ねえ、特別変わってるみたいだけどねえ」

姑がくすくす笑って、夫の茶碗にご飯をよそう。

私もくすくす笑った。姑は気味が悪そうに私を見た。

この人の子宮も、あっちの舅の精巣も、道具なんだな。遺伝子に支配されているだけのくせに、誇らしげにしている。誇りまでコントロールされているのだ。地球星人は可哀想で可愛い生き物だと、なんだか可笑しかった。


道具に道具扱いされても、大して何も思わないが、両親や姉が奇妙に愛想よく擦り寄ってくる時間のほうが、私には不気味だった。

「奈月ちゃんの気持ち、わかるわあ。私も若い頃、そうだったから」

母が言うと姉も頷き、

「そうそう、わかるわあ。でもね、子供を産むとね、びっくりするの。こんなに愛しい存在がこの世にいるのかってね」

母と姉は宗教のように、どれほど「母」になるのが素晴らしいのか私に語りかけ続ける。私は洗脳されることをむしろ望んでいる。でも、「母性は素晴らしい」と念仏のように唱えられても、それだけで洗脳されるはずもないので違和感ばかりだ。もっと工夫して洗脳してくれ、と思いながら、私は母と姉の「わかるわあ」を聞いていた。

何時間も話を聞かされ、夫と私はやっと「尋問」と「取り調べ」から解放されてマンションへと戻った。

「ああ、気持ち悪かった」

私は溜息をついた。夫はすまなそうに俯いていた。

「僕のせいで、君まで尋問されてしまった。本当にすまない」

「いいよ、私は宇宙人だから、こんなこと何でもないよ。それより、智臣くんは平気？」

夫は頷いたが、顔色が悪かった。夫にはそろそろ限界が訪れているのかもしれなかった。


週末、私は静ちゃんに久しぶりに呼び出され、夫も小学校の同級生と会うと言い、それぞれ外食に出かけた。

食事を終えて家に帰り、ぼんやりとソファに座っていると、玄関から物音がした。

「おかえり」

「ただいま」

夫の表情は暗かった。その顔を見て、私は直感的に問いかけた。

「もしかして、『工場』の手がまわっていた？」

「……もしかして、奈月さんも？」

私は頷いた。

私も夫も、旧友から声をかけられていそいそと出かけたが、それは「工場」の罠だったのだった。

今日は静ちゃんの夫が子供を見てくれることになり、駅前のショッピングモールの中にあるイタリアンのレストランへ食事に出かけた。

「実はね、奈月ちゃんのお母さんから頼まれてて」

静ちゃんにそう切り出されたとき、しまった、と思った。

友達が少ない私は静ちゃんの誘いがうれしく感じられ、久しぶりに両親や姉の尋問から解放されるのも爽快で、つい浮かれて来てしまったが、静ちゃんは私の両親と連絡を取り合っていたのだ。

「友達だから言うけどね、やっぱり変だよ。奈月ちゃん、仕事してないときもろくに家事をしてないんでしょ……？　いつも話を聞いて、奈月ちゃんの旦那さんって家事に協力的だなあって……でも、料理も洗濯も掃除も完全に別々って、そこまでとは知らなかったよ。分担はいいけど分断は変だよ。ルームシェアみたいに暮らしてるんでしょ？　それって、夫婦じゃないよ？　そのうえ『仲良し』を一回もしてないなんて、びっくりしちゃった」

びっくりしたのは私だった。私の妊娠を疑うくらい何も気が付いていなかった静ちゃんが、一体、なぜセックスのことまで知っているのだろう。母か姉か、どちらかわからないが、どこまで私たち夫婦の情報をやり取りしたのだろう。「すり抜け・ドットコム」のことまでばれたら、無理矢理別れさせられるかもしれないとぞっとした。

けれど、静ちゃんは出会いのことまでは知らない様子だった。もしかしたら、夫の友人あたりから漏れたのかもしれない。夫の友人は、たまたま家事の分担の話を聞いて、それから私を「毒嫁」と呼んでいると聞いた。その情報を、どういうルートでだかわからないが、静ちゃんは手に入れたのかもしれなかった。

「夫婦はさ、『仲良し』をして初めて本物の夫婦って呼べるんだと思うよ？」

なぜ急に、地球星人たちはセックスのことを「仲良し」と言い始めたのだろう。地球星人の間で言葉は伝染するのかもしれなかった。

「あのさあ、このまま『仲良し』できないなら、別れたほうがいいと思うよ。お互いのため。異常だもん、『仲良し』をしない夫婦だなんて」

私は「うん」「そうだね」と適当な相槌を打ちながら、時計を見ていた。あと何時間すればあのマンションに帰れるのだろうと考えていた。

夫も同じだったようで、「工場」の手がまわった旧友からさんざん説得されたらしく、溜息をついて、両手で顔を覆った。

「なんでこんな目にあわなければならないんだ。僕たちは幸せに暮らしていただけなのに」

夫は頭を抱えてソファに身体を沈めた。

「僕たちは見張られている。『工場』の人間に目をつけられたんだ。もう逃げられない」

「地球では、夫婦は交尾をしないとだめなのかな？」

「働くのはまだいいんだ。交尾は嫌だ。君と交尾したら、僕たちは僕たちじゃなくなってしまう」

「でも、私たちの身体は、私たちのものじゃなくて世界のものだから。私たちは世界の道具だから、交尾しないと迫害されるよ」

「何でなんだ。僕の身体なのに」

「ここが『工場』だからだよ。私たち、たぶん、遺伝子の奴隷なんだよ」

夫は俯いたまま動かなくなった。泣いているのかもしれなかった。

マンションのチャイムが鳴った。宅配便かもしれないし、「工場」の使者がまたやって来たのかもしれなかった。


姉から話があるといって、駅前のショッピングモールの近くにあるカラオケボックスに呼び出されたのは、翌日の朝のことだった。

もう呼び出しと説得にはうんざりしていた私だが、「お母さんの前では話せないことがあるの」と言われて渋々待ち合わせ場所へ向かった。

スマートフォンの中身は決してみられないように用心していたが、もしかしたら姉は私と夫が利用した「すり抜け・ドットコム」のサイトのことを知っているのかもしれない。もしそこまで舅と姑にばれたら、これ以上夫との婚姻関係を保持するのは難しいだろう。恋愛宗教の信者である姉には、なんとか自分が夫を「愛している」と信じてもらわなければいけない。そう思って個室で姉と向き合い、注文したウーロン茶に口をつけたところで、姉が切り出したのは意外な話だった。

「私ね、知ってるの。奈月ちゃんがなんで『仲良し』ができないか」

姉はのんびりと続けた。

「奈月ちゃんは、昔、塾の先生に『いたずら』されていたのよね」

その瞬間、喉がひきつり、息ができなくなった。

「……なんで、それを？」

「私ね、見ちゃったことがあるの。お祭りの日、遅いから迎えに行ったら、男の人に連れられて家に入っていったわよね。私、気になって、庭にまわって中をみてたの。そうしたら、奈月ちゃん、先生とキスをしてた」

キスなんて行為を私はしただろうか。あのときの記憶はあいまいで、はっきりと、していないとは言えなかった。

姉はうっとりといった。

「そのとき、思ったの。いいなあって」

「いいなあ……？」

私は馬鹿みたいに繰り返すことしかできなかった。

「だって、まだ子供のうちから、あんなにいい大学に入った、見た目も素敵な男の人に選ばれるなんて、とってもうらやましかったの。あのころ、私は恋愛は神様が許可した人間しかできないと思っていた。ブスで、デブで、毛深くて、学校中の笑いものだった私には、恋愛をする許可がおりていなかった。でも、奈月ちゃんは違ったのね。いとこの由宇くんだけでなく、大人の男の人にまで、『見初められ』ていたんだもの。妬ましかった」

私には姉が何を言っているのかわからなかった。

「私、ずっと信じてたの。シンデレラの絵本みたいに、今はみすぼらしくてみじめだけれど、いつか王子様が見つけてくれるって。でも、あのころの私は誰にも見つけてもらえなかった。神様は私に恋愛することを許可してくれなかった。でも、あの先生、死んじゃったね。奈月ちゃんが殺したの？」

「そんなわけないでしょ」

即座に答えると、姉は頷いてみせた。

「そうよね。でもほら、奈月ちゃんって、あのときまだ子供で、女の子にとって『見初められる』ことがどんなに素晴らしいことかわかってなかったから、もしかしたらなって。でも、そんなはずないわよね。だってあのとき、奈月ちゃん、小学六年生だったものね。大人の男の人を殺すなんて、できるわけないわよねえ」

「子供にそんなことできるわけないよ。変質者が殺したんでしょ。ニュースでやってたよ」

冷静な声を出すよう努めたが、少しだけ語尾が震えてしまった。姉は薄気味わるいくらい笑顔を絶やさず、珍しくスカートを穿いた足を何度も組み替えながら、私の顔を覗きこむ。

「そうよねえ。もしそうだとしたら、私、どんなことをしても奈月ちゃんをかばわないといけないもの。殺人犯の姉なんて、一生だれも『見初めて』くれないものね。そんなの女としての人生が終わってしまうものね？」

姉は微笑み、前歯についた口紅が唾液で光っているのが見えた。姉は大人になっても命の鍵を他人に預けている。そのことが怖くないのだろうか。なぜこんなに生き生きとしているのだろうか。

「でもね、奈月ちゃん。今のままではだめよ。心を鬼にして言うけれど、そんな風に逃げているなんて許されないわ。『仲良し』をして、子供を作って、まっとうな人生を歩まないとだめよ」

「誰に？　誰が、私を許さないの？」

「みんなよ。この地球上の全ての人よ」

姉はあっさりと答えた。

「私もね、思春期は大変だったわあ。でも今の夫に会って、初めて私、価値のある存在になれたの。夫が見つけてくれたから、こうして女の幸せがあるの。私、夫に『見初められ』て、とっても幸せ。だから絶対にこの幸福を壊させない。奈月ちゃんも過去のことは忘れて早く女の幸せを見つけてね。それが私たち姉妹にとって一番なんだから」

私は咄嗟に右耳を押さえた。甲高い電子音が聞こえ、姉の声が、電話越しのように遠くに聞こえた。

「由宇くんもね、やっと『まとも』になろうとしてるみたいよ。あなたたちが出てすぐ、おじさんに言って、秋級の家から出ていったんだって。今は、一時的におじさんの家に間借りして、就職先と引っ越し先を探してるみたい」

「由宇が……」

由宇もまた、私や夫のように「人間工場」の部品になるのだ。電子音に混ざりながら聞こえる姉の声を聞きながら、ぼんやりそう思った。

家に帰り、私はクローゼットを開いた。ブリキの箱をそっとあけると、ピュートが横たわっていた。

「ピュート。返事をして。おねがい」

二十三年ぶりにピュートに話しかけたが、ピュートは何も答えなかった。

「もう一度魔法が使いたいの。あれは魔女だったよね？　お願い、返事をして」

ピュートは長いこと洗濯をしていなかったせいか、カビの匂いがした。

私はピュートを抱きしめたまま蹲った。ピュートは微動だにしなかった。私の震えが伝わっているのか、膝の上に乗せた箱の中で、針金の指輪がかたかたと音をたてていた。


いつの間にか眠っていたのか、目を覚ますと、化粧も洋服もそのままだった。顔を洗おうと部屋を出ると、夫がスーツを着て、居間の鏡でネクタイを締めていた。

「どうしたの？　どこか出かけるの？」

「奈月さん、おはよう」

夫の表情は硬かった。

「僕は『工場』に従うことにするよ。まずは仕事を見つけに、ハローワークへ行ってくる」

「うん……」

「それから役所に行って、離婚届を貰ってくるよ」

「……離婚届？」

「奈月さん、僕と別れてほしい」

ネクタイをうまく締められないまま、夫がこちらを向いた。

「どうして？」

「僕はもうだめだ。『工場』につかまってしまった。けれど、君は、君だけは、逃げてくれ。逃げ切ってくれ」

私は何か言おうと口を開いたが、それを封じるように、夫が私の両肩を強く掴んだ。

「君が宇宙人ではないと、由宇くんが疑っていたのは知っている。もしかしたら君自身も、自分を疑っているのかもしれない。でも君は、ポハピピンポボピア星人だ。絶対にそうなんだ。僕にはわかる」

はっとして夫を見上げた。夫の目は、秋級から見える宇宙と同じ、真っ黒な色をしていた。

「君だけは『工場』から逃げ切ってくれ。僕は工場の奴隷になる、死んだのと同じ人生だ。でも君だけは生き延びてくれ。君がポハピピンポボピア星人として生きていてくれたら、僕もきっと生き延びることができる」

夫は私のことを私以上に知っていた。私は確かに、自分のことを、本当は地球星人なのだろうと、どこかで考えていた。ポハピピンポボピア星人になったのは、自分を守るための、頭の病気で、だからきっと自分は、この「工場」の奴隷になるしかないのだと、そう思っていた。

そのことを、夫は知っていたのだった。

「私……たぶん、人を殺したことがあるの」

夫を見上げながら、私は言った。

夫はさらりと答えた。

「そうか。君はポハピピンポボピア星人だものね。地球星人を殺すのは、人間がネズミを殺すのときっと大差ないんだろうね。それで？」

「それでって？」

「それから？」

「それだけ」

「なんだ」

夫は溜息をついた。

「私のこと、怖くないの？」

夫は私の肩から手を離して、ネクタイを結び直しながら言った。

「本当に怖いのは、世界に喋らされている言葉を、自分の言葉だと思ってしまうことだ。君は違う。だから、君は、絶対にポハピピンポボピア星人なんだ」

私は夫に抱きついた。夫は驚いた様子で、一瞬身を引いたが、やがて、力を抜いて私の背中を撫でた。

夫の体温を初めて知った。夫の体温は低く、胸も手も冷たかった。

私は夫から身体を離し、宣言するように言った。

「私はポハピピンポボピア星人です。そして、あなたも今はポハピピンポボピア星人です。ポハピピンポボピア星人は伝染する。地球星人が地球星人であることを伝染されて地球星人になるように、ポハピピンポボピア星人も伝染するのです。だから今、あなたはきっともう、ポハピピンポボピア星人になったのです」

私は夫の冷たい手をとった。

「一緒に逃げましょう」

「どこへ？」

「星に近い村がいい」

「それなら、由宇くんも一緒がいい。ポハピピンポボピア星人が伝染するなら、きっと彼にも移ってる。由宇くんが待つ秋級へいこう」

「もう、あそこに由宇はいないの。私たちが出てすぐ、由宇も秋級の家を出て、おじさんのところへ行ったんだって。あなたには黙っていたけど、由宇はポハピピンポボピア星人なんだよ。子供のころ、教えてくれたの。もしかしたら由宇にもわからなくなってしまっているのかもしれない。でも、由宇も、絶対にポハピピンポボピア星人なの」

私の説明を聞いて夫は叫んだ。

「何てことだ！　すぐに助けに行こう。このままでは、由宇くんが『地球星人』のほうに伝染してしまう」

私たちは荷物を簡単に纏め、タクシーに乗り込んで駅へ向かった。

「奈月さん、おじさんの家はどこかわかる？」

「うん、アドレス帳に入れてある」

「それはよかった。すぐにそこへ向かおう」

「……ねえ、なんで、由宇のことを、そんなに真剣に考えてくれるの？」

私の質問に、夫は尋ねる意味がわからないというように、首を傾げた。

「だって、彼は僕たちを匿ってくれたじゃないか。それだけじゃない、彼は僕が僕の言葉を喋ることを許してくれた。地球星人は気が付いていないかもしれないが、そんな存在と出会うことは人生で滅多にあることじゃないんだ。それは奇跡なんだ。僕は彼に恩返しがしたい」

「ありがとう」

私は夫の手を握りしめた。

「この星に来て、あなたと結婚してよかった」

窓の外ではまっ白な「人間工場」が急速に遠ざかっていった。「人間工場」の中ではいくつものつがいが巣に閉じ込められ、今日も繁殖しようとしていた。


おじの家は、長野駅からそう遠くないところにあった。

私がおじの家にくるのは、記憶の限りでは二回目だった。父とおじは仲が悪いというわけではないが、寡黙な父は社交的なおじと一緒にいると疲れるらしく、お盆の帰りについでに寄っていくように誘われても、断ることのほうが多かった。一度だけ、台風でどうしても帰れなくなり、家族全員で泊めてもらったことがあったのだ。

突然駅から電話をかけたにもかかわらず、おじは快く「どうぞいらっしゃい」と言ってくれた。タクシーでおじの家に到着すると、「いらっしゃい。今、由宇くんは買い物に出てるけど、すぐに帰ってくるから」と私に言い、おじが居間へ通してくれた。おじの家は、子供のころの印象より広く、静かに感じられた。前にきたときはおばもいて、幼い陽太たちがはしりまわってにぎやかだったのに、今はおばも亡くなって、ずっと一人で暮らしていると聞いた。

由宇は、秋級の家を出てすぐここへきて、以前子供部屋だった二階の部屋で一時的に生活しているという。

「由宇くんはね、部屋も仕事も自分で探すって言ってたんだけどね。それも大変だろうって、俺のほうが意地になってね、引き留めたんだよ」

由宇は最初は長野で就職先を探していたようだが、思うようなところが見つからず、結局来週には東京のワンルームマンションへ引っ越して、いくつかの会社で面接を受けることになっているのだという。

「俺はね、もう少しのんびりしていてもいいんじゃないかって言ってたんだけどね。由宇くんは家のことで苦労したぶん、自由に幸せになってほしいんだけどね。真面目な子だからなあ」

おじの話を聞いていると、ドアの音がした。

「あ、噂をすれば帰ってきたみたいだね」

面接用のスーツを買いに行っていたという由宇は、居間にはいってきて、私たち夫婦がいるのを見ると、表情をこわばらせた。

「由宇くんのことが心配で、わざわざ来てくれたんだよ」

「心配って……あの、奈月ちゃんと智臣さんこそ、大丈夫だったんですか？　こんなところに来ていて平気なんですか」

「僕たちは、今日、『工場』から出ていくんです」

夫の返事を、由宇は「智臣さん！」と慌てた様子で制した。

おじは「工場」というのが仕事の話だと思ったらしく、「不況でいろいろ大変ですからねえ」と夫に話しかけた。「それじゃあ奈月ちゃん、積もる話もあるだろうし、俺は席を外すよ。犬の散歩もあるしね」おじは私に「ゆっくりね」と声をかけて部屋をでていった。

「……あまり奇妙なことを言うと、変に思われる。一度変に思われると、これから生き辛くなってしまいますよ」

おじが家を出ていったことを確認すると、由宇は溜息をついて、椅子に座った。

「由宇くん、君は本当に秋級を出ていってしまうのですか？　僕たちは『工場』から逃げて、あの家で暮らそうと思っています。僕たちと一緒に逃げませんか？　君まで『人間工場』の部品になる必要は、本当にあるんですか？」

「智臣さん。お心遣いありがとうございます。でも、僕は元から、少しあの家で休むだけのつもりだったんです。子供の頃の夏休みみたいに。むしろ長く休みすぎたくらいだったんですよ」

「でもあなたはポハピピンポボピア星人だ」

夫の言葉に、由宇はたじろいだ。

夫は身を乗り出して由宇のシャツの袖を摑んだ。

「奈月さんが教えてくれました。あなたは子供の頃、宇宙船で着陸したポハピピンポボピア星人だったんですね。言ってくれればよかったのに」

「それは……それは、子供の頃の他愛もない空想ですよ。真実じゃない」

「真実とは何ですか？　僕にはあなたが無理矢理『地球星人』になろうとしているようにしか見えない」

由宇は一瞬俯いたが、すぐに顔をあげて、私と夫の顔を真っ直ぐに見た。

「僕には命令が聞こえるんです。子供のころから、大人が僕にどうしてほしいのか、声に出されなくても、僕には聞こえました。特に母は、口には出さないけれど、いつも僕に命じていました。だから僕は何も考えず命令に従っていた。『いきのびる』にはそれしかないとわかっていました」

由宇が淡々と話すのを、私と夫は、黙りこくって見つめていた。由宇がこんなに喋るのを見るのは初めてのことかもしれなかった。

「母が死んでからは大学の先生や周りの大人たちの声に従いました。会社に入ってからは、会社の声に従いました。『命令』に従って何も考えずに生きていました。会社が突然、ほとんど倒産のような形で吸収合併されると聞かされたときも、会社が望むような形で退職しました。でもその日から、あんなに僕を支配していた『命令』が聞こえなくなりました。僕は何をすればいいのか、どうやって生きればいいのか、わからなくなったんです。音のない『命令』に従うのが、ぼくの生き延び方だったのに」

夫は摑んでいた由宇のシャツを、更に強く握りしめた。皺になってしまうと思ったが、由宇は気にしない様子で話しつづけた。

「そんなとき、おじが、少し休んだほうがいいと声をかけてくれました。よかったらしばらく自分の家にこないかと。そのとき、ふと思ったんです。もう一度、秋級の家に行ってみたいって。でも、もうそれも終わりです。そろそろ、新しい『命令』が聞こえてくる時間になった。それだけのことです」

夫は、無垢な子供が叱られたときのような、あどけない悲しそうな顔で、由宇の顔を見上げた。

「由宇くん……それじゃあ、まるで君は本当に『人間工場』の道具じゃないですか。君はポハピピンポボピア星人なのに。それは素晴らしいことなのに」

私は不安になって、小さな声で由宇に尋ねた。

「由宇、私も、由宇に聞こえない声で命令をしていたのかな？」

由宇は意外そうな表情でこちらを見た。

「奈月ちゃんが？　そうだな……確かに奈月ちゃんから、いつも聞こえない声を感じていたけれど、大人が僕にするような命令とは違ったよ。ＳＯＳの信号の音だった。それは何となく僕を惹き寄せた。似ていると思ったのかもしれないね。だから、僕は僕の意思で奈月ちゃんと一緒にいたよ」

「そう……」

少し安心したものの、由宇が周りの空気を読んで望まれるように行動する子供だったのは確かだった。今の発言も、私がそう言って欲しいと感じとって言ってくれただけかもしれない。

「じゃあ、由宇くんはこのまま地球星人になるのですね。それが由宇くんの望みなのですね」

「望み……」

夫の言葉に、由宇は微妙な表情になった。

「僕には望みはないのです。僕の望みは生き延びることだけです」

命を未来まで運ぶという意味では、由宇の選択は正しいのかもしれない。何も言葉が見つからずにいる私の横で、夫が立ちあがった。

「わかりました。では、せめて、離婚式をしませんか？」

「離婚式？」

由宇が不可解そうに繰り返し、私も不安になって夫を見上げた。

「由宇くんと奈月さんは幼いころ、結婚式をしたのでしょう。僕と奈月さんも結婚をした。でも、結婚なんて契約はこれからの僕たちには関係ない。その縁を全部切る式をしたいと、ここへ来る間考えていたのです」

夫は、薬指につけていた指輪を外し、テーブルの上に置いた。

「さあ、奈月さんも」

私は慌てて、指輪を外して夫の指輪の隣に置いた。

「ちょっとまって、それならこれも」

私は鞄の中からブリキの箱を取り出し、由宇と幼い頃交換した針金の指輪も並べた。

「奈月ちゃん、これをまだ持ってたんだね」

由宇は驚いた様子だった。

「僕の指輪は母に見つかって捨てられてしまったんだ。懐かしいな」

「ここで三人で離婚を誓いませんか？　僕たちの終わりと始まりを祝福するんです」

夫に促され、私と由宇は、テーブルを囲んで立ち上がった。

夫が手を繋いできたので急いで真似をして、私たちは指輪を囲んで円になった。

重々しい調子で夫が言った。

「笹本由宇さん。あなたは奈月さんと夫婦でもなんでもない、まったく別の存在になろうとしています。健やかなるときも、病めるときも、喜びのときも、悲しみのときも、富めるときも、貧しいときも、特に愛することなく、敬うことなく、慰め合うこともせず、助け合わず、命ある限り自分の命のためだけに生きることを誓いますか？」

「……はい、誓います」

「宮沢奈月さん。あなたも由宇さんとまったく別の存在となり、命ある限り自分の命のためだけに生きることを誓いますか？」

「誓います」

夫は大きく頷き、「それじゃあ由宇さん、今度は僕たちの離婚を誓わせてください」と言った。

由宇は戸惑った表情のまま、夫が言ったように、私たちへ語りかけた。

「ええと、宮沢智臣さん。あなたは奈月さんと夫婦ではない、まったく別の存在になろうとしています。ええと……健やかなるときも、病めるときも、喜びのときも、悲しみのときも、富めるときも、貧しいときも、愛することなく、敬うことなく、慰め合わず、助け合わず、命ある限り自分の命のためだけに生きることを誓いますか？」

「はい、誓います」

「奈月さん。あなたも誓いますか？」

「誓います」

夫は大きく頷き、「これで、僕たちは分断された。もう家族でもなんでもない。一匹ずつただ生きているだけなんだ」と言った。

「じゃあ、この指輪は僕たちが責任を持って処分します。ありがとう」

手を差し伸べた夫に、由宇は戸惑った様子で握手を交わした。

「……それじゃあ」

私と夫は連れだって外に出た。

「法律的にはまだ僕たちは夫と妻かもしれないが、僕たちは今、そういう関係を超越したんだ」

「うん」

私は頷いた。夫はまだ私の夫だったが、それ以上にポハピピンポボピア星人だった。そのことのほうが、婚姻よりもずっと信頼できるような気がした。

タクシーが通る大きな通りがないか、きょろきょろと歩き出した私たちの後ろで、ドアの開く音がした。

「あの……このまま、行くんですか？」

「はい、そのつもりです」

ドアから出てきた由宇に、夫は明るく答えた。

「よければ、僕の車で送りますよ。いや……もしよければ、僕も……いや、なんでだろう……」

由宇は混乱しているようだった。夫は、「どうしたんですか」と不思議そうに問いかけた。

「わからないんです。でも、僕は自由をもらってしまった。僕は自由が苦手なんです。『命令』と違って、道しるべがなにもない。でも、僕は今、いや、きっとずっと前から、それを受け取ってしまったんだ」

由宇は何かを決心したように、顔をあげて私たちを見つめた。

「……気持ちが変わりました。僕も一緒に行きます。僕は僕の自由の使い道を、それしか思いつくことができない」

夫はぱっと笑顔になり、

「とてもうれしい。由宇くんの自由と僕たちの自由が、同じ場所にあったんだ。こんな奇跡はないですよ」

と由宇の手を両手でつかんだ。

由宇はまだ戸惑った様子だったが、

「……二人は『工場』に追われているのでしょう。秋級に行くことは、おじにも言わないほうがいい。三人で東京へ行くことにしたと、おじには後で電話で伝えます。荷物はほとんどないので、少し待っていてください」

と言い、私たちに先に車に乗るよう促した。

私は由宇が何を考えて秋級に来てくれるのかわからないまま、それでもまた三匹で暮らせることがうれしかった。

私と夫は由宇の車の後部座席に乗り込んだ。

「あ、月だ」

夫が言った。気が付くと夕暮れが近づいていて、空が水色から変化しようとしていた。

窓の外では、夜の街が発光し始めていた。光は星の表面をびっしりと覆っていた。地球星人たちが、発光する星の表面を忙しく動き回っていた。

空にぎっしりと星が並んだころ、私たちは再び秋級の家へたどり着いた。

少しの間だれもいなかっただけで、家は捨てられた巣のような佇まいになっていた。家の中の空気が淀んでカビ臭く、元から傷んでいた柱や畳がさらに朽ちて見える。廊下には人間ではない動物の糞が転がっていた。

由宇は運転に疲れたようで、家中の窓を開けて空気を入れ替えて、こたつに入ってあたたまり、冷凍庫にあったおやきをあたためて食べている間、ほとんど喋らなかった。

「こたつだけじゃあ、少し寒いな。電気ストーブを持ってこよう」

夫は呑気で明るかった。

「私たち、これからどうしようか」

「それはこれから決めるんだ。だって、ぼくたちは入れ物になったんだから」

おやきを頬張りながら夫が言い、私と由宇は呆気にとられた。

「入れ物？」

「だってそうだろう？　僕たちには母星がない。ポハピピンポボピア星のことはまったく知らないし、帰ることもできない。だから、僕たちはからっぽの入れ物なんだ」

夫は何を今更、と言いたげにおやきに入っていた茄子がついた唇を拭った。

「だからこれから僕たちは、入れ物として生きていくんだ。むしろ、入れ物のまま生きていくということがポハピピンポボピア星人だということなのかもしれない。そうだろう、由宇くん？」

急に話をふられ、驚いた様子の由宇が戸惑って、おそるおそる私の顔を見た。

「そう……なんですかね」

「そうだよ」

夫があまりにもあっさりと頷くので、なんだかそれが正しいような気がしてきてしまう。私も、こわごわ頷いた。

「そう……かもね。だって、私たちは宇宙人なんだし、でも、母星のことはまったく知らないし……他の宇宙人も、みんなそうしてるのかもしれないね」

「そうだよ」

夫はまるで宇宙人をたくさん知っているかのような口ぶりだった。

由宇はまだ少し不安そうだった。

「でも、これからどうすればいいのですか？　今、ぼくたちはとてもポハピピンポボピア星人かもしれない。でも、僕たちが生きていくには地球星人の知識に頼るしかない。僕たちは結局、もう少ししたら地球星人になってしまうんじゃないでしょうか」

「考えるんだ。生きていくのはアイデアを出していくということだ。僕たちから発生したアイデアで生きていくんだ」

夫が難しい顔をして、鼻をすすった。

「アイデア……ですか」

「そう。地球星人の真似をするのではなく、僕たちからアイデアを発生させて生きていくんだ。そうやって、異星を生き延びていくんだ」

はっとして由宇の瞳を見た。私たちは今も生き延びている。由宇は、なにかを考え込んでいる様子だった。

「まずは、食べ物を探そう。そう、今さっき、この星に不時着したみたいにね。そういう気持ちで世界ともう一度出会い直すんだ。すべてを『宇宙人の目』で見つめるんだ。この丸い不思議な食べ物はとても美味しい。この木でできたものはあたたかい。でも、もっと考えてみよう。この星で、入れ物としての僕たちに何ができるのか」

「そうですね。でも、この星はとても冷えています。地球星人が作った布団という道具は、眠るのにちょうどいいみたいですね。少し、あちらで試してみていいですか？」

「もちろんだ！」

由宇は押入れから布団を取り出し、座敷に放ると、そこに潜り込んで眠り始めた。いつもきちんと布団をかけて寝る由宇が、布団を何枚も重ねて、その中に潜って巣のようにして眠り込んでいる。

「なんだか、これから生まれるみたい」

由宇の作った布団の山を見つめながら、私は呟いた。それは、何か奇妙な生き物の蛹のように見えた。

翌日からの私たちの暮らしは、以前とはかなり違ったものになった。

地球星人になってしまわないように、きちんと毎日トレーニングをしようといい始めたのは由宇だった。このままで地球星人になるトレーニングをしていたのと同じ要領で、ポハピピンポポピア星人としてのトレーニングをしようというのだった。

朝や夜という概念に縛られる必要はなかったが、空が明るいうちに一度は全員で徘徊することにした。暗くなった時も同じように、程よいときに徘徊をした。

最初は、今は朝の七時だとか、夜中の三時だという感覚があったが、だんだんと、明るいか暗いかということ以外の時間感覚が失われていった。

ポハピピンポポピア星人としての感覚は、眠っていただけで、確かにこの「入れ物」に宿っているのだった。新しい感覚を手に入れるというよりは、取り戻しているような気持ちだった。

奇妙なことに、それはトレーニングでみるみる発達した。宇宙人の目は三匹とも、地球星人の目だけで見るより合理的な観点でものごとを見た。「宇宙人の目」がなにかを発見したときは必ずほかの二匹が褒めた。目に入ったものを、知識や文化ではなく「合理」で判断するのだった。

私は、自分が今までにはない急速な進化をしているのを感じた。なぜ、「工場」の人たちはこのトレーニングをしないのだろうかと思った。

合理性の基準は、「いきのびること」だった。その日の食事を手に入れること、それが一番大切な基準になった。

最初に、「明るいとき」に一匹で出かけていき、隣の家の畑から野菜を盗んできたのは、由宇だった。

「悩んだけれど、残り少ない貨幣を使って買うよりも盗んだほうが合理的だと思って」

由宇は言った。私たちは大きく頷いた。

「けれど、ばれてしまうのは非合理的だよ。捕まってしまう」

「そうだね。気がつかれないようにしよう」

私たちは光熱費以外のことで貨幣を使うのをなるべく控えた。光熱費も、できるだけ控えることにした。電気は、こたつと電気ストーブは生き延びるのには必要と判断されたが、他はほとんど使わなかった。部屋の電気を消して夜は暗い中で暮らせばいいので簡単だった。ガスは料理のときに使ってしまうことも多かったが、人目がないときは庭で焚き火に挑戦することもあった。

貨幣を使わずに食べ物を調達するのは難しかった。動物を捕まえて食べるのは想像よりずっと疲れて、あまり合理的とは思えなかった。また、地球星人の知識によると、ねずみなどの比較的捕まえやすい動物は、衛生的に問題がありそうだったが、加熱すれば食べられる場合も多いとわかった。

植物のほうが危険なものが多く、採取の際には慎重にならなくてはいけなかった。

私たちは急速に発達した。屋根裏の本を開くか、赤い橋の向こうでスマートフォンを使うと出てくる地球星人の知識と、合理的な目を合わせると、世界がまったく違って見えてくるのだった。

「どうして、地球星人は私たちみたいに、発達しようとしないのかな？」

私の質問に、

「今までの蓄積を捨てることができないんだ。ただのデータなのにね」

と由宇が答えた。

私たちは身体に従っていた。食欲の問題が常に第一にあった。排泄に関しては、地球星人が作った装置を、ありがたく使わせてもらった。睡眠は、いつでもとりたいときに、座敷に積み上げた布団の中に潜ってとった。地球星人がしているように敷くよりも、積み上げた中に潜るほうがあたたかかったし、二匹、三匹と眠る数が増えたときは互いの体温を活用することができた。

家、つまり巣の中では、裸で過ごすことが多くなった。巣の中ではほとんど布団かこたつに入っているし、四つん這いで歩いたり汁が飛び散るような料理をしたりするので、いちいち着替えたり衛生面を考えて洗濯したりするのは、無駄だと話し合って決めた。

二匹のオスと一匹のメスが裸でいても、違和感ではなく安心感が勝った。夫と由宇も、特にメスである私をみて何か特別なものを感じたりする様子はなかった。

けれど、私たちに性欲がないわけではなかった。繁殖と性欲について、私たちはしばしば議題にあげた。

「一応、オスとメスがいるから、理論上は繁殖できますね」

お湯を沸かすエネルギーがもったいないので、水風呂に三匹でからだを温めあって入っているときに、由宇が呟いた。夫が頷く。

「性欲処理という意味なら、一匹でもできるし、オスとメスがあえて交わる必要はない。どちらが合理的かな？」

私たちは盗みを働きやすい夜の活動を終えて、泥を落として眠るとき、いつも話し合っていた。

「繁殖を目指すか、性欲処理ができればそれでいいのか。それによって違ってきますね」

由宇はこのテーマにはとても慎重だった。

「私たちの子供ができたら、ポハピピンポボピア星人としてのまっさらな生活によって、この『入れ物』がどうなるのか観察することができる。そのデータは、きっと役に立つよ」

私の意見に、「実験だね。それは合理的かもしれないけど」と由宇も頷いた。

「でも、それには一匹しかいないメスの奈月さんに負担がかかることになる。どこかからポハピピンポボピア星人のメスを探して、説得して連れてくる？」

夫の意見に、由宇は首を横に振った。

「やめましょう。子宮という器官を道具化してしまいます。それでは、精巣と子宮が僕たちのものではなかった、『工場』とまったく同じです」

「そうだね、僕も同感だ」

夫と由宇の意見に、私は少し安堵した。

「それじゃあ、二匹とも、繁殖ではなく性欲処理を優先させて、精液をどこかに捨てるだけなの？」

「なにか利用価値がないか考えてみるけれど。食品としてはどうなのかな?」

由宇が首を傾げ、夫も、

「栄養はあるはずだけど、人間が料理に精液を使っているというデータは今のところでてこないな。試してみる価値はあるかもしれないけれど、他の食材と混ぜてあまり美味しくなかったら、ぜんぶゴミになってしまうからなあ」

と肩をすくめた。

「栄養価がどれくらいあるのか、調べてみますね」

二人が淡々と話すので、それはまったく性的な物質の話に聞こえなかった。

夫と由宇だけでどんどん話を進めていってしまうのを遮るように、私は再び尋ねた。

「じゃあ、繁殖はしないの? このままポハピピンポボピア星人が三匹だけで滅びてしまっていいの?」

由宇が水の中で鳥肌がたった腕を撫でながら、頷いた。

「うん。それでいいよ。不時着した宇宙人が、寿命まで生き延びるだけでもうけものだよ。それに僕たちのエイリアン性は伝染病だから、もしかしたら、地球で覚醒したポハピピンポボピア星人が外からくるかもしれない。トレーニングでいくらでも宇宙人になれることを僕たちが今、証明しつつあるんだから」

「そうだね。繁殖ではなく、このトレーニングこそが僕たちの増え方だ。ポハピピンポボピア星人を伝染させながら、命を未来へ運んでいけたら素晴らしい! そうだ、もっと広めよう!」

夫が大声で言い、腕を振り上げた。

「人類の脳の新しい部分、今まで使ったことのない部分が、トレーニングで覚醒するんだ。それはポハピピンポポピア星人の進化にもなるし、地球星人にもそのデータは利益になるはずだ」

「じゃあ、この『入れ物』に宿っている性欲は、どうやって処理するの？」

私の質問に、夫と由宇は顔を見合わせ、小さく笑った。

「大丈夫だよ。それは必要なとき、自然にしていれば、一匹で処理できる。それが一番清潔で、だれのことも傷つけない、一番クリーンな方法だよ」

由宇の言葉に夫も深く頷いた。

「地球星人の知識を借りてもいいけれど、自分の身体に聞いてみたほうが適切な方法が見つかるだろうな。でも無理にすることはない、無駄な性欲が発生したときに処理するだけなんだから。排泄と一緒だよ。便意がなかったらトイレにいく必要はない」

「じゃあ、恋は？」

私の質問に、不思議そうに由宇が言った。

「それはとても非合理的だね。議論するまでもないと思ってた」

夫も、首を傾げて私の顔を覗き込んだ。

「恋は人間が繁殖するためにつくった脳内麻薬、単なる麻酔だよ。要するに、苦しい繁殖行為を美化するために幻想をつくって、性行為のつらさと気味の悪さを軽減しているんだ。なにかの痛みがあるときになら、この麻酔は使えるかもしれないけどね。今は必要ないと僕も思うよ」

「そっか」

私は小さく頷き、水風呂から立ち上がった。

「先に出るね、風邪をひくのは非合理的だから」

「確かに、これ以上寒くなったら、水風呂は無理だね。死んでしまう」

私たちは笑いながらタオルで体を拭き、裸のまま今日獲った食べ物が並んだ台所へと走った。外は宇宙の色にそまり、いつのまにか私たちは「暗いとき」の中にいた。


秋級の家に電話がかかってきたのは、「明るいとき」が始まったばかりの、まだ空に墨色が淡く残っているときだった。

電話には出ないと決めていた。なるべく空き家に見えるようにしたほうが周りの家に警戒されないので盗みに便利で合理的だと、由宇が言ったからだ。

私たちは、裸で布団に潜り込んだまま、電話の音が鳴りやむのを待った。

その日の電話はしつこくて、三回もかかってきたので、鳴りやむころには私たちはすっかり目を覚ましてしまった。

「電話線を切ってしまうのはどうだろう？　それなら音もしないし、ますます空き家っぽくなる」

夫の提案に、「そうしましょう」「それがいい」と私も由宇も賛同した。

姉からの大量の留守番電話に気が付いたのは、スマートフォンをポケットに入れたまま、近くの野草をとりに歩いていたときだった。

赤い橋を越えて電波が入る場所まで来た瞬間、通知を知らせる音が鳴り響き、私は慌ててスマートフォンをサイレントにした。

画面を見ると、全て姉からの着信とメールだった。秋級の家にかかってきた電話も姉に違いなかった。

『裏切り者！』

メールに書いてある言葉の意味がよくわからず、留守電のメッセージを聞いてみた。

『早く帰ってきなさい！　私の家庭まで壊したら許さない！』

どれを聞いても同じようなメッセージばかりで、姉が何を怒っているのか私にはさっぱりわからなかった。

この執念では近いうちに秋級の家にやってくるのではないかと、家に戻った私は由宇に相談した。

「僕も詳しくは知らないけれど、たぶん、貴世さんのプライベートなことが旦那さんに知られてしまったんじゃないかな？」

「え？　姉がなに？」

姉の名前を突然出されて驚くと、由宇のほうも意外そうな表情を浮かべた。

「知らないの？　貴世さんは、パート先でかなり奔放な性生活を送ってるみたいで、旦那さんが身辺調査をしているって、親戚の間でも噂になってたけど……」

「そうなの？」

「子供の頃のことまで調べてるみたいで、おじのところにも旦那さんのご両親から連絡があったみたいだよ」

「なんで、うちにはないんだろう」

「もしかしたら奈月ちゃんのことも調べてるのかもね。でも、奔放な性生活をしているくらいで騒ぐなんて、非合理的だよね。遺伝子を残すならむしろ賞賛されるべきなのに」

真面目な由宇はもうすっかりポハピピンポボピア星人としての「目」で世界を見つめることに慣れていて、姉の夫やその家族が騒ぐのが理解できないようだった。

「由宇は、繁殖したいって思う？」

私の質問に、由宇は首を傾げた。

「そうだなあ。生きものとしてはそれが合理的なのかもしれないけど。このままじゃ、ポハピピンポボピア星人は絶滅だからね。でも、興味は特にないかな」

「そっか」

夫もおそらく由宇と同じ意見なのだろう。家の中で裸でくらしている私たちは、リンゴを食べる前のアダムとイブに戻ったみたいに無邪気なのだった。

夕方、少し気になって、また一匹で赤い橋を渡ってスマートフォンを確認すると、新しいメッセージが一件入っていた。

『お前がばらしたんだね。全部わかってる。私は黙っていてやったのに、許さない。私の家庭を壊したお前に、絶対に復讐してやる』

姉の憎しみは伝わってきたが、私は今日まで何も知らなかったので的外れに感じられた。

面倒なことになりそうだったので、私はスマートフォンを地面に叩きつけて壊し、川へ放り込んだ。

恋をしているのかもしれない。

そんな非合理的なことを考えついたのは、三匹の私たちが布団の中で裸で眠っている時のことだった。

その日はなかなか寝付けず、すこしうとうとしただけですぐに目を覚ました。窓の向こうの月の光を見ながら、ぼんやりと自分の「入れ物」に宿っている疼きについて考えていた。

ここ数日は特に嗅覚も聴覚も冴え、身体が覚醒していくような感覚があった。今までずっと緊張していた細胞が、二匹と裸で過ごしていると弛緩するのだった。

私は、性的なことはもう自分の人生には起こらないと思っていたし、それはもう故障したと思っていた。

けれど、初めて、自分の肉体が極限までリラックスした状態になり、同時にその入れ物に性的なものが宿っているのだった。

これは三匹でいる時しか起きない現象だった。伊賀崎先生のことがある以前、毛布やぬいぐるみに包まれていると、甘美な、性的な感覚が自分の中で蠢いているのを感じることがあったので、それと似ているのかもしれない。由宇と夫の肉体は、私をかつてなく安堵させるのだった。

なんて非合理的なのだろう。もっとトレーニングしなくてはいけない。

それでも、自分の肉体を、やっと取り戻したような感覚は、私にとっては幸福なことだった。

これは麻酔かもしれないからとっておこうと思った。なにか、強い痛みがこれから起きたときに、この麻酔は役に立つかもしれない。

なるべく使うときがこないようにと思いながら、私は、三匹同時に唇を合わせてキスをしている場面を妄想しながら眠った。心地よい快感が、ずっと膝の骨を裏側から擽《くすぐ》っていた。

「向こうの山のほうで、道路が閉鎖されたらしいよ」

朝一番でニュースを持ち込んだのは、由宇だった。

「そっか。昨日、雪降ったもんね」

私は呑気に答えた。

「いや、このあたりはあんな雪では普通、なんともないんだけれど。土砂崩れが起きたのかもね。最近多いから」

秋級に来てから初めての雪を見て、夫はとてもはしゃいでいた。私も、祖母の家には夏しか来たことがなかったので、僅かではあっても雪が積もった光景は新鮮で美しく感じられた。

由宇に言わせればこの辺りの雪はこんなものではないそうで、命にかかわるのであまり降らないほうがいいとのことだった。東京育ちの夫はあまり田舎の雪を見ることがないせいか、「綺麗だなあ」「雪も食べ物のうちにはいるのかなあ」といつまでも庭をながめていた。

「村にあんまり地球星人の気配がしないね」

食べ物を探しに私は川のほうへ行って虫をとり、夫と由宇は植物を集めていた。帰ってきた私が由宇に言うと、由宇も頷いた。

「昨日の雪はみぞれに近かったから。土砂崩れが起きやすくなっているみたいだね。道がふさがれる可能性があるから、町に降りた地球星人もいるのかもしれないな」

「そっか。でも、食べ物を盗みやすいね」

「それは都合がいいな！」

夫が嬉しそうに言い、私と由宇は顔を見合わせて笑った。

その日、私たちはたくさんの食べ物を盗み、ごちそうを食べた。

村には確かにあまり地球星人が残っていなかった。老人が一人で住んでいる家は明かりがかすかについていることもあったが、車を動かせる個体がいる家のほとんどが山を降りたらしく、かといって鍵をかける家はすくなかったので、家の中に堂々と入り、米や野菜だけでなくリンゴやみかんなどの果物もたくさん盗むことができた。

「なんだか、最後の晩餐みたいだね」

私が言うと、「キリストの最後の晩餐は、パンとワインの質素な食事だよ」と由宇が肩をすくめた。

「そうじゃなくて、なんとなく、そういうイメージがする夜だってこと」

「地球星人に処刑されるかもしれないな。こんなにたくさん盗んでしまったし」

夫はそう言いながらも、久しぶりのフルーツを嬉しそうに頬張った。

「ここからもしも地球星人がいなくなったら、ポハピピンポボピア星人がこの村を支配するぞ！」

「いいね。それで新しい文化や風習で暮らしていけたらいいな。決して『工場』にならないように、注意しながらね」

私たちはくだらない話をしながら、盗んできた日本酒を飲んだ。

私は相変わらず味を感じなかったが、この日はよく食べた。由宇がやかんで温めてくれた酒が温かく、いつまでも飲んでいられた。

久しぶりの酒に、私は酔っぱらって、わけのわからない歌を歌い、それに合わせて夫が手拍子をとり、由宇は笑ってその様子を見ていた。

完璧な夜だった。私は、目が覚めたらこの村がポハピピンポボピア星人だらけになっていればいいのに、と夢見ながら眠った。夢の中で、姉も両親も、義母も義父も、ポハピピンポボピア星人になっていた。夢の中の宴はいつまでも続いた。夫と由宇の寝息と振動が、夢と現実の境目までおしよせ、夢のなかで笑う私のすぐそばまで、その体温が近づいてきていた。


頭に大きな衝撃を感じて目を覚ました。

痛みと眠気で朦朧とする中、薄く目を開くと、暗闇の中で、微かな光の筋が上へ向かって円を描くのが見えた。

反射的に、床の上で身体を転がして僅かに見える光の輪郭から逃れた。

さっきまで自分が寝ころんでいた場所が、どんと音をたてて激しく振動した。

「人間ですか?」

私は咄嗟に叫んだ。

目をこらすと、何かを振り上げているのは大きな生き物のようだった。私の声に身体をぎくりと揺らしたのがわかった。

私は起き上がり、祖父が使っていた棚のほうへ走った。だんだん目が闇に慣れてきて頭より先に身体が動いた。とにかく相手を倒して生き延びるということだけが、頭の中で信号を発していた。

夫と由宇の気配はしなかった。もしかしたら、もう殺されているのかもしれない。

黒く蠢く影は、家の構造がわかっていないのか、壁にぶつかって右往左往していた。呼吸の音から、相手は地球星人だと確信した。

態ではなく地球星人なら勝算はあると判断したときには、私は戸棚から祖父が昔書道でもらったというトロフィーを取り出し、振り上げていた。脳が指令を出すより早く、本能が肉体を動かしていた。重みのあるトロフィーを、顔面だと感じられた場所めがけて思い切り振り下ろす。手ごたえがあった。折れるというより割れるような感触と共に、指先にぬるりとした液体が絡みついた。

ここだと思ったので何も考えず、急いでトロフィーを再び振り上げ、同じ個所へと二、三回振り下ろした。

「うああくぁあああ」

地球星人だということはわかっていたが、鳴き声を聞くまでそれがメスだとは思わなかった。

とりあえず勝利が確信できるまでは腕を止めず、弱って蹲った塊の上に馬乗りになり、無心でトロフィーを振り下ろした。

「やめて！　やめて！」

どれほど殴りつづければ、相手が弱ってこちらが生き延びる確率が100パーセントになるのかわからなかったが、声が出ているうちは反撃される可能性があると判断して、顔面と思われる部分を重点的に殴り続けた。

相手の肉体がぐにゃりとなるまで攻撃を続け、念のため手探りで、こたつから繋がっていた電気コードで相手の首を強く縛った。

まだ不安だったので、腕を伸ばして電気ポットのコードも外し、手首を縛って、用心深くトロフィーを構えながら明かりをつけた。

思ったより大きな血だまりが広がっており、その中に小柄な女性が横たわっていた。暗がりでは熊かもしれないと思ったほどだったのに、明かりをつけてみると、か弱そうな初老の女性だった。

女性の横には、最初に私を殴ったと思われるゴルフクラブが転がっていた。それを素早く手にしてこちらの武器にすると、少し安心した。

夫と由宇は無事だろうか。まだほかにも敵がいるかもしれないので、なるべく音をたてないように布団の山へと近づいた。

布団の山のそばで、夫が倒れていた。慌てて近づいて揺さぶると、夫がうめき声をあげて目をひらいた。

「智臣くん、大丈夫？」

ほっとして声をかけると、夫が薄く目を開いた。

「奈月さん……？　なんだろう、お酒を飲んで眠っていたら、急に頭に何かががつんときて……」

「家の中に地球星人が入ってきて、私たちを殺そうとしてる。一匹は捕まえたけれど、ほかにもいるかも。由宇は？」

「わからない」

山積みの布団をひっくり返してみても、由宇はいなかった。

「逃げたのかな、だといいけど……」

私は何かあったときのために、台所へ包丁を取りにいった。

そのとき、外から大きな物音が聞こえた。

包丁を右手に、さっき手に入れたゴルフクラブを左手に握りしめて、外へと走った。暗闇に包まれているはずの「暗いとき」なのに、光の塊があった。

見ると、ライトが点いた車の中で由宇と大きな男がもみ合っていた。

「由宇！」

「由宇くん！」

私たちの声に男が振り向いた。

「お前か、孝樹を殺したのは……！」

血相を変えてこちらへ身を乗り出した男を、由宇がうしろから蹴飛ばした。

ひるんだ男に夫がとびかかろうとしたので、左手に持っていたゴルフクラブを渡した。

「ありがとう」

夫はまだ寝ぼけているのかもつれた手つきで受け取り、男をゴルフクラブで殴りつけた。

男が弱ってきたので、私は男に近づいて包丁でまずは目を刺し、男の動きが完全に鈍ったところで、首や心臓など、血がたくさん出そうなところを重点的に刺した。

「夜中に車で来て、僕たちを殺しにきたんだな」

男がぐったりと動かなくなって、息遣いや悲鳴も発さなくなり、いつまで刺していればいいのかわからないまま、まるで調理するように刺し続けている私の横で、夫もゴルフクラブを振り上げ続けた。

「二人とも、もういいよ。たぶんもう死んでると思うし、これ以上やったら挽肉になっちゃうよ」

由宇の落ち着いた声に、やっと私たちは敵への攻撃をやめた。

「何があったの？」

「眠っていたら突然口をふさがれて、車へと連れてこられたんだ。誰かを探しているみたいだった」

「多分、私を探しにきたんだよ」

私の言葉に、夫も由宇も顔をあげてこちらを見た。

「孝樹って、伊賀崎先生の名前だ」

「先生って、だれ？」

「私が殺した人。私、子供のころ、人を殺したことがあるの。この人たち、その遺族だ」

初老の女性の背格好に、どこかで見覚えがあると思っていた。この人たちは、いつも駅前でビラを配っていた先生の両親だ。

どうやって、先生を殺したのが私だということを突き止めたのだろう。見当もつかなかったが、執拗に私を狙ってきた理由はよくわかった。「家族」が殺されたからだ。

人間を殺すのは非合理的だ。一匹殺したら、「家族」が何十年たっても、こうして報復に来るのだから。

夫も由宇も、まっすぐに私を見ていた。一瞬、男の身体が揺れた。私は咄嗟に手元の包丁で、再び男を刺した。

何度刺しても生き返ってくる気がして、私は男に包丁を突きたて続けた。由宇も夫も、今度は私を制することなく、血が飛び散るのをじっと見つめていた。


「暗いとき」が今どのあたりなのか、時間を忘れた私たちにはよくわからなかった。そろそろ「明るいとき」になるのか、まだ「暗いとき」は続くのか、見当もつかないまま、由宇は「とりあえず、村の様子を見てくる」と、服を着て自分の車に乗り込み、エンジンをかけた。

私と夫は、「地球星人」二匹をガムテープでぐるぐると巻いて、生きているのか死んでいるのかわからないまま、玄関に転がした。

「だめだ。あっちも橋のところが土砂崩れになってる」

一時間ほどして、由宇が帰ってきた。

「集落には少し地球星人が残っていた筈だけれど、あの橋より手前の家で空き家じゃないのはここだけだ。僕らだけが取り残されてる」

「この地球星人たちが人為的に起こしたってこと？」

由宇は首を横に振った。

「わからない。少なくとも最初の土砂崩れは違う。あそこは昔からよく崩れるところだしね。たぶん、この地球星人は、山に他の地球星人が少なくなったのを見計らって僕たちを殺しにきたんだと思う。峠のほうの道が土砂崩れになったのは、偶然なのか、この地球星人が僕たちを閉じ込めるためにやったのか僕にはわからなかった。でも後者だとしたら、爆薬でもないと不可能なはずだけれど。そんなものが簡単に手に入るのかな」

地球星人の荷物の中からは、様々な証拠品やデータが見つかった。姉とカラオケボックスでした会話の録音、燃えかけた古びた鎌、血の付いた靴下などだ。おそらく、これらの証拠を先生の遺族に渡したのは姉だろうと想像できた。姉は、きっと全部知っていたのだ。焼却炉から証拠が全部消えていたのも、姉が回収して隠していたのだ。

何故今になって姉がこんなものを持ち出してまで、私に「復讐」をしたのかはわからない。おそらく姉の「家庭」は壊れて、誰かを恨んだほうが精神的に合理的だったのだろう。

「ごめんなさい。この地球星人の子供を殺したのは私だから、目的は私のはずなのに」

夢から覚めたように、私は「地球星人」の世界へと引き戻されていた。私の謝罪に、夫は顔をしかめた。

「いや、この地球星人たちはおかしいよ。なぜ子供を殺されたからといって、君を殺しにくる？君に人類の子孫を残せと迫りにくるならわかるよ。『工場』は地球星人の繁殖を目的とした組織だからね。でも、彼らは君を地球星人にカウントしている筈なのに、わざわざ自分の手で更に減らしにくる。まったく非合理的だ」

由宇は私の顔を覗きこんだ。

「なぜ殺したの？」

「……そうしなければ、私は殺されるのと同じ目に遭っていた、と思う」

「そう」

由宇は小さく微笑んだ。

「『なにがあってもいきのびること』だね」

「それはなんだい？」

不思議そうな夫に、「僕たちの子供時代の合言葉だよ」と由宇が言った。

「それはいい。何よりも純粋な合言葉だ。それは何よりも正しい」

夫は大きく頷いた。

「さて、それじゃあここから僕らはどうやって生き延びる？　道は塞がれて、僕たちだけが閉じ込められた。電気を消して暮らしていたから、集落の人たちは僕らのこの家を空き家だと思っている可能性が高い。でも僕たちは『なにがあってもいきのび』なくてはならない」

私と由宇も大きく頷いた。

雪が降り始めていた。空から、千切れた氷のようないびつな塊が、無数に落ちて、私たちの足元を白く染め上げていた。


私たちは地球星人の死体二つを玄関にならべ、居間に座った。

「待つしかないね」

由宇の言葉に、夫も私も頷いた。

「電話線、切らなければよかったね」

「いや、あのときは切ったほうが合理的だった。水は出るし、盗んだ食べ物も少し残ってる。たぶん、『工場』の地球星人たちは僕たちを追いかけてくると思うし、比較的早いうちに土砂崩れに気が付いてもらえると思うんだけど」

「追っ手がきたらどうやって追い払うか考えていたのに、それを待つことになるなんて」

夫が溜息をついた。

「由宇くんと奈月さんには生き延びてほしいけれど、『工場』に連れ戻されるくらいなら、このままでもいい気すらするよ。あそこに連れていかれたら死んでいるのと同じだからね」

「智臣くん、そんなこと言わないで。地球星人は同種族を助ける習性があるから、それを利用して、ここから助かったらまた違う場所に逃げよう」

私は夫の背中を撫でた。


甘く見ていたと気が付いたのは、「明るいとき」と「暗いとき」が三回ほど繰り返されたときだった。

盗んできた食べ物はほとんど底をついていた。土砂崩れにはさまれた道には家があと二軒あり、その家の食べ物もほとんど食べつくしてしまった。

「新鮮なうちに、地球星人の肉を冷凍しておこうか」

そう提案したのは由宇だった。

「地球星人って食べられるの？」

「動物だからね。比較的清潔な生き物だから、病気の心配もあまりないと思う。あくまで非常食として、肉が腐って選択肢がなくなってしまう前に、保存しておくのもいいんじゃないかな」

「そうだね」

私は頷いたが、それをしたら、私たちはもう「地球星人」の仲間には入れてもらえないんじゃないだろうか、とどこかで思っていた。

「僕はここに住んでいたとき、近所の人からもらって鶏くらいなら絞めたことがあるから。大きな家畜を扱ったことはないからわからないけれど、血抜きは必要だと思う。退屈ですることはないし、それくらいならやってもいいかな？」

淡々と提案する由宇は、ポハピピンポボピア星人そのものだった。

由宇は周りの環境に感化されやすいのかもしれない。「地球星人」のふりが一番うまかったのも、トレーニングが一番得意だったのも由宇だった。

「由宇くん、僕も手伝うよ！　おそらく、かなりの力仕事になるだろう」

夫が立ちあがり、由宇も「助かります」と頷いた。

夫と由宇は、「まずは小さいほうからやってみよう」と、玄関に投げっぱなしになっていた地球星人を運びにいった。

私は部屋で蹲っていた。私のなかに、まだ「人間」が残っているのかもしれなかった。

勇気をだして台所の戸をあけたのは、次の「明るいとき」、大きい方の地球星人を捌く作業に二匹が取り掛かったときだった。

「私も手伝うよ」

由宇がこちらを振り向いた。

「奈月ちゃん、無理しないでいいよ。力仕事だしね」

「たしかに、かなり力がいる作業だよ。やり方が悪いのかもしれないけどね」

夫と由宇に、「ううん、手伝う。やりたいの」と言い、私は屋根裏でみつけたナイフを差し出した。

「たぶん、包丁よりこれのほうがいいと思う」

「ありがとう。正直、一匹目はうまくいかなくて、肉の部分だけそぎ落としてぐちゃぐちゃの挽肉になっちゃったんだ」

由宇が微笑んだ。

「やってみていい?」

「どうぞ。一応、豚の解体方法を参考にしているんだけど、身体の構造が全然違うからね。これで合っているのかはわからない」

「まず何をすればいいの?」

「首を落として、血をなるべく抜くんだ」

私は男の首にナイフをたてた。

「硬いだろう。僕たちはノコギリを使った」

夫が言うので道具を持ちかえ、力をこめて首を落とした。

骨の部分はかなり硬かったが、夫と由宇の力も借りてなんとか切ることができ、床にごとんと首がおちた。

「よし。身体を持ち上げて、できるだけ血を抜いてしまおう」

力を合わせて地球星人を持ち上げ、シンクに向けて逆さにした。

二匹目だからか、由宇が慣れた手付きで切り口を広げ、シンクに血が流れ出た。

「おいしそうだね」

切断面を見て、思わずそうつぶやいていた。赤い肉を見て、お腹が鳴りそうになる。

「そうだね。食べ物ももうないし、今夜はこれを食べようか？」

「うん」

切ってしまえば、地球星人はただの大きな肉でしかなかった。由宇の指示通りに身体を裂き、内臓を取り出して肉を洗う。思ったよりも臭みがあり、顔をしかめた。

なるべく綺麗に肉を洗い、大きな骨をはずしながら切り分けていく。

夫も由宇も肉が準備できたらすぐに料理できるようにと、調理道具を並べ始めた。

「調味料はあるから、味噌で茹でて食べようか。臭みがあるから、少し濃い味付けのほうがよさそうだよね」

「まだ少し、大根の葉の部分が残っているんだ。一緒に炒めたらおいしそうだ」

「そうだね。冷凍庫は、女の人でいっぱいになってしまったし、入らない分は食べてしまうのが合理的だ。いろいろな食べ方で試してみよう」

「今夜はごちそうだな！」

夫が嬉しそうに叫んだ。

男の入った味噌汁と、男と大根の葉の炒め物と、男を茹でて甘辛醤油で煮たものと、三種類の男料理ができあがった。

「久しぶりだなあ、こんなにたくさんの料理があるのは」

夫は喜び、由宇もうれしそうだった。私もお腹がすいていて、早く男が食べたくて仕方なくなった。「口」が壊れて以来、こんなふうに激しい食欲を持つのは初めてのことだった。

「いただきます！」

私は男の入った味噌汁を啜って驚いた。

「味がする！」

「どうしたの？　当たり前だよ、食べ物なんだから」

由宇が可笑しそうに笑ったが、私は久しぶりに舌が味を感じた興奮で立ち上がりそうになっていた。

もう一生治ることはないと思っていた「口」が、やっと自分のものになったのだ。肉汁が溢れ、口全体に広がり、旨味と臭みが混ざりながら、身体中に染みこんできた。

私は夢中になって地球星人を食べ続けた。まるで二十三年ぶりに食べ物にありついたような気持ちだった。

地球星人はとても美味しかった。お腹がすいていたからかもしれないし、一緒にいる二匹のことが大好きだから、美味しく感じられるのかもしれなかった。

「お酒が少しでも残っていればなあ」

夫の言葉に「そうだね」「ほんとだ」と賛同しながら、湧き水で乾杯をして、私たちは男を食べ続けた。

久しぶりに満腹の夜だった。「暗いとき」はいつまでも続き、外から山の生きものの気配が心地よく押し寄せてきていた。

お腹がいっぱいになった私たちは、こたつのほうまで布団を持ってきて、それぞれが包《くる》まってうとうとまどろんでいた。今日は特別だと、由宇は仏壇から蠟燭を持ってきてつけてくれた。久しぶりに「暗いとき」に灯る光を囲んでいると、何かの儀式のようだった。

真っ白な布団に包まった三匹の私たちが、ぼうっと暗がりに浮かび上がっている。それは何かの繭に見えた。「蚕の部屋」はこんな感じだったのだろうか、と眠気でぼんやりした頭で思った。おじの話では、蚕は、二階の小さな部屋で育てられ始めたときにはせいぜい畳二畳分くらいしかいないという。桑の葉を食べてどんどん膨れ上がり、百倍ほどの大きさになって、この家を埋め尽くすのだそうだ。地球星人たちは畳を剝がして板の間にし、座敷も居間もお蚕さまの部屋になって、自分たちは隅っこで眠るのだそうだ。そのとき、お蚕さまが桑の葉を食べる音がさわさわと家中から聞こえてきたという。

真っ白な繭が無数に並ぶ中で眠るとき、地球星人はどんな夢を見るのだろう。まどろみながら、部屋中に白い虫が蠢いている光景を思い浮かべていた。

「お願いがあるんだ」

私と夫が布団の中に身体を横たえて寝息と溜息の境界が曖昧になり始めたころ、由宇が不意に、決意したように言った。

「なあに？」

「もしもこのまま地球星人が来なかったら、僕のことを食べてほしいんだ」

私と夫は驚いて飛び起きた。眠気は一気に吹っ飛び、夫の手元にあった、地球星人炒めを乗せた皿がひっくり返った。

「このまま三匹死ぬよりずっといい。調理方法もわかった。全滅するより、僕を食べて二匹生き残るほうがずっと合理的だ」

「でもそれは、私でも智臣くんでもいいでしょう？」

「そうだけど、僕は僕の身体を、僕だけの意思で使ってみたい。僕は『自由』がずっと得意ではなかったけれど、もしそれが僕にあるとしたら、そうしてみたいと初めて思ったんだ」

夫が必死に身を乗り出して、由宇が被っている布団の端を摑んだ。

「由宇くん、もっと合理的な方法がきっとある。そうだ、全員が腕か足を一本ずつ切り落として、みんなでそれを食べるのはどうだい？　それなら三匹とも生き残れる」

夫の言葉に、由宇は首を横に振った。

「この『入れ物』にそんなことをしたら、多分僕たちはすぐに死んでしまいますよ。誰かが手術でもできるならいいけれど、そんな技術も道具もないし。一匹ずつのほうが確実です」

少し考えて、私も口を開いた。

「じゃあ、由宇の次は智臣くんが私を食べて。この三人の中では、智臣くんが生き残るのがいいと思う。一番身体が大きくて体力があるし、食べ物が途切れてから一番長持ちすると思うから」

「二匹とも、なんでそんなことを言うんだ」

夫はいやいやをするように首を振りながら叫んだ。

「僕たちは誓ったじゃないか。健やかなるときも、病めるときも、喜びのときも、悲しみのときも、富めるときも、貧しいときも、特に愛することなく、敬うことなく、慰め合うこともせず、助け合わず、命ある限り自分の命のためだけに生きることを、僕たちは誓ったじゃないか」

由宇と私は顔を見合わせた。夫は一歩も引きそうになく、それは由宇にも理解できたようだった。

夫の手元でひっくり返った地球星人炒めをそっと皿に戻しながら、由宇が言った。

「そうだね、確かに僕たちは誓った。じゃあ、これはどうかな。今から全員でお互いを、少しだけ味見してみるんだ。そして、美味しい個体から食べていこう。もし不味かったら食べきることができないかもしれない。味見と言っても、指を切り落としたりする必要はないよ。齧るだけだ」

「うん！　それは公平だね。とっても合理的だと思う」

私が頷くと、夫も今度は納得したようだった。

「わかった。そのほうがいい。もし僕が美味しかったら、きちんと食べてくれ」

私と夫はまず由宇に嚙み付いた。私は由宇の肩を、夫は由宇の腕を嚙んで、舌で味を確認した。

由宇は微かに塩の味がした。

夫も同じようで、由宇の腕を何度も嚙みながら、

「由宇くんは塩気がきいていて、味付けをしなくても食べることができそうだ。もし君に決まったら、食物として重宝することを約束するよ」

と言った。

「次は私を」

夫がおそるおそる私に嚙みつき、「苦い」といった。

「同じポハピピンポボピア星人でも味が違うんだね」

由宇は自分の腕を齧り、不思議そうに私の膝を舐めた。

「ちょっとだけ金属みたいな感じがするな。血の味がにじみ出てるのかも」

由宇は私の膝から唇を離し、今度は夫の人差し指を嚙んだ。

「僕はどんな味だい？」

「少し甘い気がしますね」

「本当？」

私たちは味を品評しながら、熱心に齧りあった。

「お腹が減ってきた。さっき、地球星人を食べたばかりなのに」

夫が溜息をついた。

「どれが一番美味しいかわからないよ」

「このままじゃ、全員で食べ合ってしまいそうだね」

ふくらはぎを、背中を、踵を、顎を、私たちは齧った。

私はとてつもなくお腹がすいていて、由宇のことも、夫のことも美味しく感じた。

だんだん表面だけでは物足りなくなり、私たちは互いの内臓に歯と舌を延ばした。

瞼を嚙まれながら、夫が呟いた。

「ここへ来てから、たまに思うんだ。地球星人なんて本当は一人もいないんじゃないかって。僕たちは皆、ポハピピンポボピア星人なんじゃないかって。僕たちは最初からポハピピンポボピア星人で、地球星人だという洗脳が三匹だけ解けたんだ。地球星人なんて、ポハピピンポボピア星人がこの異星で生きていくために作り上げた幻想なんじゃないかな」

由宇が夫の肘を嚙みながら、小さな声で同意した。

「そうかもしれない。だから、助けが来ないのかもね。みんな夢から覚めて、『宇宙人の目』で僕たちを助けることが非合理的だと気が付いてしまったのかも」

私は熱心に二人を食べていて、会話には参加しなかった。白いご飯と一緒に食べたらどんなに美味しいだろう。取り戻した舌が、甘さ、苦さ、渋さ、塩辛さを丹念に味わっていた。

「あ、耳が」

私は不意に声をあげた。

「どうしたの？　耳が美味しい？」

私は返事をせずに、目の前の太腿に思い切り嚙み付いた。

壊れ続けていた右耳の中で風が破裂するような音がして、雑音が完全に消え、突然、世界の音が流れ込んできた。

解放された耳に、最初に入ってきたのは、私たちの食事の音だった。それは鼓膜を揺さぶり、震えさせ、私の中へどんどん押し寄せてきた。

「なにがあってもいきのびること」

私は小さな声で囁いた。その声も、右耳の中に落ちてきて、ゆっくりと鼓膜を振動させた。

この日、私の身体は全部、私のものになった。

窓の外では、雪が降り始めていた。部屋の中の蠟燭の光を反射して、白く光る粉が、宇宙から舞い降りている。

私は蚕の鱗粉を思った。無数の蚕が部屋から飛び立って、鱗粉を撒き散らしながら飛んでいく光景を想った。

真っ黒な空から落ちてくる雪は、地面を真っ白に染め上げていった。雪は外の生き物の気配を覆い尽くし、蠟燭が揺れる部屋で、私たちの食事の音だけが、途切れることなく続いていた。


それからしばらくした「明るいとき」のことだった。

地球星人の匂いがした気がして、微睡《まどろ》んでいた私は薄く目をあけた。

地球星人の髪の毛で編んだ温かい枕に頭を沈めたままぼんやりと畳の上に目を遣ると、そこには指の骨が転がっていた。まだ肉の味がするからと口の中に入れてしゃぶっていた骨が、眠っているうちに口から転がり出たのだった。

私は唾液にまみれた骨に手を伸ばし、再び口に放り込んだ。骨には微かに肉の旨味が残っており、私はゆっくりと舐めてそれを味わった。

降り積もった雪の寒さで戸も窓も締め切っているはずなのに、どこからか風が入り込んできて、前髪が揺れた。地球星人特有の、牛乳に浸した猪の肉のような、甘さと獣臭さが混ざった匂いがこちらへ流れ込んできた。

「ポハピピンポボピア？」

私はゆっくりと身体を起こし、異臭がするほうへと顔を向けた。障子の向こうから、雪を反射したような青白い光が見えた。

私は足首のそばに寝そべっていたピュートを抱き上げた。ピュートは、地球星人の髪の毛で編まれていて、昔とは違う姿をしていた。黒と灰色と白い毛が混ざり合ったピュートは、甘えるように私に寄り添った。

腕の中のピュートを抱きしめた私の足の裏に、床が軋む振動が伝わってきた。

私は身体をかがめ、床に転がっているふくらはぎに手を伸ばした。そのままふくらはぎを強く摑んで揺すり、囁いた。

「智臣くん」

瘦せて骨ばった夫が私の振動に反応した。夫は、咄嗟に守るように、自分の膨らんだ腹を両腕で包みながら、ぼんやりと瞳を開いた。

夫は、「暗いとき」に作った、腕の入ったスープを食べながら眠ってしまったようだった。貴重な食料を溢《こぼ》さないよう、私はスープの入った器をそっとテレビ台の上へ置き、夫の向こう側に寝そべっていたもう一匹に呼びかけた。

「由宇」

由宇の腹は、夫よりももっと膨らんでいた。由宇の薄い皮膚はぴんと張っていて、皮膚の中の骨と膨らんだ腹の形がくっきりと浮かび上がっていた。

「ポハピピンポボピア」

私の呼びかけに気が付いたらしい由宇が瞼を擦りながら、私たちの言葉を呟いた。

その時、急に床の軋みが大きくなって、足音と振動と共に、地球星人の匂いが一気に強まった。

由宇も夫も起き上がり、私たちは身体を寄せ合った。夫と由宇は膨らんだ自分の腹を守るように腕で庇って蹲り、私はピュートを胸元で握りしめた。

「キアアアアアアアアアアア」

何かと思ったが、それは地球星人の鳴き声だった。

障子の向こうから現れたのは、姉だった。私たちの姿を見た姉は、もう一度大きく鳴いた。

「キアアアアアアアアアアアアアアアアアアアアア」

姉の向こうには母もいた。二匹の甲高い鳴き声が反響した。

大きな鳴き声に慌てたように、他の地球星人の足音が集まってきた。

母の背後から、何匹かのオレンジ色の服に身を包んだ地球星人が姿を現した。救助隊という仕事をしている地球星人なのではないかと、その服装から見てとれた。

「地球星人だ」

私は呟いた。

救助隊の地球星人は、身体を寄せ合っている私たちを一瞥し、うっと呻いて口元を押さえた。

「あなたたちは……人間か……？」

私たちの姿を凝視しながら、地球星人のオスが言葉を絞り出した。

私たち三匹は顔を見合わせた。

「ポハピピンポピア？」

「ポハピピンポボピア」

由宇が膨らんだ腹を守るようにそっと右手で撫でながら、地球星人の言葉で流暢に彼に話しかけた。

「僕たちは、ポハピピンポボピア星人ですよ。あなたもそうなのではないですか？」

男性は驚き過ぎて唾液を噴き出したのか、それとも立ったまま胃液をもどしているのか、鼻からも口からも何かの液体を流していた。

「その腹はなんだ……？」

隣にいた別の地球星人のオスが、掠れた声で言った。

「僕たち、三匹とも妊娠しているんです」

膨れたお腹を両手で持ち上げるようにして見せながら、夫が言った。

地球星人たちは震えているようだった。青ざめて後ずさりしている。

「大丈夫ですよ。今はそうでなくても、あなたにも、きっとこの形のあなたが眠っている。きっと、すぐに伝染しますよ」

安心させるように由宇が地球星人たちに微笑みかけた。

「僕たちは明日、もっと増える。明後日は、それよりもまたもっと増える」

由宇が丁寧に説明しているのに、地球星人たちはまったく聞いていないようだった。奥にいた一匹が、激しく嘔吐している。

「外に行こうか。僕たちの未来が待ってる」

由宇の言葉に、私も夫も頷いた。

私たち三匹のポハピピンポボピア星人は、そっと手や足を絡めて繋ぎ、立ち上がった。「明るいとき」の光が、雪の反射と共に、外の世界から私たちの宇宙船へと柔らかく差し込んでいた。

私たちは手をとりあい、肩を寄せ合って、地球星人の住む星へと、ゆっくりと踏み出した。光に包まれた私たちに呼応するように、地球星人たちの鳴き声が、この星の遠くまで響き渡り、森を揺さぶりながら広がっていった。

初出　「新潮」二〇一八年五月号

著者紹介
1979年千葉県生れ。玉川大学文学部卒業。2003年『授乳』で群像新人文学賞（小説部門・優秀作）を受賞しデビュー。09年『ギンイロノウタ』で野間文芸新人賞、13年『しろいろの街の、その骨の体温の』で三島由紀夫賞、16年「コンビニ人間」で芥川賞を受賞。著書に『マウス』『星が吸う水』『ハコブネ』『タダイマトビラ』『殺人出産』『消滅世界』などがある。

地球星人《ちきゅうせいじん》

発　行……2018年8月30日

著　者……村田沙耶香《むらたさやか》
発行者……佐藤隆信
発行所……株式会社新潮社
〒162-8711　東京都新宿区矢来町71
電　話　編集部03-3266-5411
　　　　読者係03-3266-5111
http://www.shinchosha.co.jp
印刷所……大日本印刷株式会社
製本所……加藤製本株式会社
乱丁・落丁本は、ご面倒ですが小社読者係宛お送り下さい。
送料小社負担にてお取替え致します。
価格はカバーに表示してあります。

ISBN978-4-10-310073-7 C0093